देवी विमला

...एक साधारण भारतीय महिला की असाधारण कहानी

देवी विमला

...एक साधारण भारतीय महिला की असाधारण कहानी

लेखक

चंद्रेश विमला त्रिपाठी

Published Internationally by

Pendown Press

Powered by G Gullybaba.com

PENDOWN PRESS

Powered by **Gullybaba Publishing House Pvt. Ltd.,**
An ISO 9001 & ISO 14001 Certified Co.,
Regd. Office: 2525/193, 1st Floor, Onkar Nagar-A, Tri Nagar,
Delhi-110035
Ph.: 09350849407, 09312235086
E-mail: info@pendownpress.com
Branch Office: 1A/2A, 20, Hari Sadan, Ansari Road,
Daryaganj, New Delhi-110002
Ph.: 011-45794768
Website: PendownPress.com

First Edition: 2016

Price: ₹160/-

ISBN: 978-93-85533-17-4

Layout Design: Pendown Press Publishing

प्रस्तावना

सृष्टि का सबसे सुंदर स्वरूप है–माँ, जिसमें सारे जगत की शक्ति समाई हुई है। सारे तीर्थ, सारे भगवान, सारे संसार का सार माँ में ही निहित है। प्रस्तुत पुस्तक **देवी विमला...एक साधारण भारतीय महिला की असाधारण कहानी** मेरी माँ **श्रीमती विमला त्रिपाठी** को समर्पित है, जिन्हें मेरा सादर चरण स्पर्श !!! यह पुस्तक न केवल मेरी माँ, वरन् हर भारतीय महिला की कहने को तो एक साधारण सी कहानी है, लेकिन इस पात्र के संघर्ष भरे जीवन में अदम्य साहस का पुट इसे एक असाधारण कहानी बना देता है, जिससे यह पात्र वास्तव में एक देवी होने की पदवी प्राप्त करता है। वस्तुतः इस पुस्तक के केन्द्रीय पात्र विमला के जरिये एक साधारण भारतीय महिला के 4 प्रमुख स्वरूपों– बेटी, पत्नी, बहू और माँ का चित्रण किया गया है, जो किसी भी महिला को देवी की गरिमा प्रदान करता है। इसके साथ ही इसमें महिला के अन्य स्वरूपों बहन और सहेली इत्यादि का भी चित्रण है। वस्तुतः इस पुस्तक के माध्यम से भारत के साथ ही विश्व की हर साधारण (सामान्य या आम) महिला को मेरा शत–शत नमन !!! मेरे पिताजी **श्री दीप नारायण त्रिपाठी** को भी मेरा कोटिशः प्रणाम!!! साथ ही मैं **गुल्लीबाबा पब्लिशिंग हाउस, नई दिल्ली** के **निदेशक श्री दिनेश वर्मा जी** को भी सहृदय धन्यवाद देना चाहता हूँ, जिनके बैनर तले यह पुस्तक प्रकाशित हुई। मेरी तरफ से इन्हें एवं इनकी पूरी टीम को भी सादर धन्यवाद!!!

–चंद्रेश विमला त्रिपाठी
tripathichandresh1@gmail.com
tripathichandresh@yahoo.com

अपनी माँ श्रीमती विमला त्रिपाठी–पिता श्री दीप नारायण त्रिपाठी के साथ
चंद्रेश विमला त्रिपाठी

प्रख्यात् गीतकार एवं लेखक **श्री प्रसून जोशी** द्वारा दैनिक जागरण के **'मेरा शहर मेरा गीत'** (कानपुर शहर) एक प्रतियोगिता में चयनित सर्वश्रेष्ठ 5 गीतों में शामिल
चंद्रेश विमला त्रिपाठी का गीत...

सबसे अलग है भईया, अपने कानपुर का नाम

स्टाइल की हो बात, या हो ट्रैफिक का जाम,
मस्ती में डूबा दिन, जहां रंगीन सारी शाम,
कंटाप, लल्लनटाप, फाड़ू, जुगाड़ू काम,
सबसे अलग है भईया, अपने कानपुर का नाम...

– आई. आई. टी., ग्रीनपार्क, रेव–थ्री का रॉक,
मेट्रोसिटी में लहियापट्टी स्नैक्स का शॉक,
बीसीबाजी ऐसी हर जुबान हो जाये लॉक,
कनपुरिया कल्चर का अपनापन है सबकी टॉक,
काकादेव की कोचिंग हो, बर्रा–नौबस्ता की बात,
जेण्ट्री आर्य–स्वरूपनगर की कर दे सबको मात,
हर दिल में बसता यहां अल्लाह हो या राम,
सबसे अलग है भईया, अपने कानपुर का नाम...

– जे. के. टेंपल, पनकी, परमट, गंगा बैराज का प्रिफरेंस,
जाजमऊ, नानाराव, बिठूर में हिस्ट्री का रिफरेंस,
लेदर गुड्स, डिफेंस आइटम्स, बिजनेस बाजार का सेंस,
हजारों प्रॉब्लम्स हर सिटी सी हैं, पर नहीं है कोई टेंस,
चमनगंज की रौनक हो, कैण्ट–घंटाघर की बात,
जेण्ट्री साकेत–गोविंदनगर की कर दे सबको मात,
हर दिन इसकी बातें सुनके दुनिया ले दिल थाम,
सबसे अलग है भईया, अपने कानपुर का नाम...

प्रमुख पात्र–परिचय

(1)	विमला	:	राम की माँ (केंद्रीय पात्र)।
(2)	नरसिंह नारायण	:	राम के पिताजी (विमला के पति)।
(3)	राम	:	विमला का बेटा (राम त्रिपाठी/राम विमला त्रिपाठी)।
(4)	संदेश (हनुमान)	:	राम का बड़ा भाई।
(5)	आदेश	:	राम का छोटा भाई।
(6)	शारदा (माँ)	:	विमला की माँ।
(7)	दद्दा जी	:	शारदा के ससुर (विमला के दादाजी)।
(8)	बच्ची (फलानी)	:	बचपन की विमला।
(9)	सरिता	:	विमला की चाची।
(10)	बरखा	:	विमला की सहेली।
(11)	अनुराधा	:	विमला की पोती।
(12)	भीम नारायण	:	विमला का देवर।
(13)	गिरधर मुरारी नारायण	:	विमला के ससुर (श्वसुर)।
(14)	ललिता देवी (नौटंकी बहू)	:	विमला की सास।
(15)	बिंदिया	:	विमला की ननद।
(16)	सुमित्रा	:	विमला की देवरानी।
(17)	एक वृद्ध पुरुष (दादाजी)	:	नरसिंह नारायण के दादाजी।
(18)	रंजना	:	विमला की सबसे बड़ी बहू।
(19)	सुनीता	:	विमला की दूसरी बड़ी बहू।
(20)	करुणा	:	विमला की बेटी।
(21)	हिरिया और जिरिया	:	दो नौकर।
(22)	डॉक्टर	:	अस्पताल में तथा घर पर इलाज करने वाले।
(23)	आफताब खान व शादाब खान	:	मंच संचालक (फिल्मफेयर पुरस्कार समारोह)।
(24)	निवेदिता मुखर्जी चोपड़ा	:	अभिनेत्री।
(25)	राधाश्री पौडवाल	:	गायिका।
(26)	अनुराधा के पिताजी	:	विमला का दूसरा सबसे बड़ा बेटा।
(27)	कोइली	:	विमला की पाली हुई काली गाय।

देवी विमला

...एक साधारण भारतीय महिला की असाधारण कहानी

(नेपथ्य में आवाज गूँजती है)

भारत–नेपाल सीमा–क्षेत्र पर स्थित यह छोटा सा शहर महराजगंज (या महाराजगंज) कहने को तो भारत के उत्तर प्रदेश सूबे के महराजगंज जनपद का जिला–मुख्यालय है, लेकिन असल में यह भारत के उन बहुत सारे शहरों का आईना है, जो अभी भी अपने अस्तित्व एवं अस्मिता की लड़ाई लड़ रहे हैं। आबादी तो है, लेकिन शहर जैसा यहाँ कुछ नहीं दिखता। एक छोटे से सीमाई आवरण में सिमटा यह शहर अपने आप को चर्चा–पटल पर लाने के लिए दिन–रात जद्दोजहद करता रहता है। खैर, कुछ सालों पहले यह महराजगंज शहर गोरखपुर जनपद का ही एक हिस्सा था, जिसकी वास्तविक पहचान अभी भी शायद गोरखपुर ही है और निकट भविष्य में भी शायद यही रहती, अगर आज इसका नाम देवी विमला से नहीं जुड़ा होता। जी हाँ, यह 'देवी विमला' फिल्म का जादू ही है, जिसके कारण आज यह कस्बानुमा शहर पूरी दुनिया में चर्चा का केंद्र बन गया है, क्योंकि इस फिल्म ने भारत की एक साधारण भारतीय महिला के अंदर असाधारण साहस को समेटे हुए हर महिला के जीवन के 4 प्रमुख रूपों– बेटी, बहू, पत्नी और माँ के दायित्व का सहज लेकिन असाधारण प्रदर्शन कर भारत को विदेशी श्रेणी की सर्वोत्कृष्ट फिल्म का एकेडमी यानी ऑस्कर अवॉर्ड दिलाया है, जिसने इस शहर को आज सचमुच खास बना दिया है। तो आइये, चलते हैं, उस औरत के उतार–चढ़ाव भरे जीवन के सफर पर जो कहने को तो भारत की एक साधारण महिला 'विमला' की कहानी है, लेकिन वास्तव में यह कहानी भारत देश की किसी भी महिला के असाधारण साहस का प्रतीक है, जहाँ हर महिला को सम्मान देने के लिये उसे देवी का दर्जा दिया जाता है। कुछ यही दर्जा है, अब इस भारतीय महिला का, जिसका नाम आज पूरे विश्व में गूँज रहा है **'देवी विमला ...एक साधारण भारतीय महिला की असाधारण कहानी'**।

स्थान : महराजगंज शहर में शिवनगर मुहल्ला स्थित एक बड़े पक्के मकान का छोटा सा कमरा,

समय : सायंकाल

[मोबाइल की आवाज़ सुनकर एक महिला आवाज़ देती है, कोई प्रत्युत्तर न पाकर दीवारों का सहारा लेकर लगभग 60 वर्ष की यह महिला कॉटन की मैक्सी पहने हुये काठ की एक छोटी अलमारी पर रखे मोबाइल की कॉल रिसीव करती है।]

महिला : हैलो, मैं विमला बोल रही हूँ। उफ, कस्टमर केयर नंबर!
[अलमारी के बिल्कुल पास बिस्तर पर मोबाइल रखकर पुनः दीवारों का सहारा लेकर यह महिला कमरे के दरवाज़े के बिल्कुल पास काठ की एक कमोड वाली कुर्सी पर बैठकर बॉथरूम करने के बाद एक बार फिर दीवारों के सहारे अपने बिस्तर तक आती है। बिस्तर पर रखे मोबाइल फोन की घंटी बजती है। उत्साह के साथ महिला मोबाइल की कॉल पुनः रिसीव करती है।]

विमला : राम, मैं जानती थी, तुम्हारी ही कॉल होगी, कैसे हो बेटा? हर शाम को हम बातें करते रहते हैं ना, इसीलिये हर शाम को मैं मोबाइल का ही चेहरा देखती रहती हूँ कि कब तुम्हारे मोबाइल की घंटी बजे?

राम : मैं ठीक हूँ मम्मी। आप कैसी हैं? और हाँ, आप अपने पेट, हॉर्ट और स्ट्रोक की दवायें सही समय पर ले रही हैं, न?

विमला : हाँ बेटा, मैं ये सब कर रही हूँ। अच्छा तुम बताओ। तुम खाना–वाना तो ठीक से खा रहे हो कि नहीं? और हाँ, तुम अपनी दवायें ले रहे हो कि नहीं?

राम : मम्मी, आप बिल्कुल भी परेशान मत होइये। सही समय पर मैं खाना बनाकर या बाहर से लेकर खा लेता हूँ। साथ ही सुबह एक्सरसाइज करने और कुछ देर टहलने के बाद मैं सही समय पर अपने पेट, हाई ब्लड प्रेशर और स्ट्रेस की दवायें ले रहा हूँ, और हाँ, आज–कल की मॉडर्न बीमारी स्ट्रेस से मैं बखूबी लड़ रहा

हूँ। खैर, ये सब छोड़ते हैं। वैसे, आपको एक बात बताऊँ, इस संडे को मेरा एक लेख छपने वाला है। और हाँ, रही हमारे शहर कानपुर की कंडीशन, तो इस शहर के बारे में तो आपको सब पता ही है। अच्छा, ये बताइये आपके साथ अभी कौन है?

विमला : जैसे हमेशा होता है, मेरे साथ तुम्हारी दी हुई माँ दुर्गा की सुंदर मूर्ति है, जो मूर्ति नहीं बल्कि खुद माँ दुर्गा ही हैं। बाकी सभी अपने–अपने में बिजी हैं। अगर न भी हों, तो भी मेरे लिये तो कोई नहीं है। यहाँ का तो सब कुछ तुम जानते ही हो। तुम्हारे पापा बाज़ार से सब्जियाँ लेकर कोर्ट से आने ही वाले होंगे। मेरी प्यारी पोती, अनुराधा, कालेज से या अपने दोस्त के यहाँ से आ रही होगी। बेटा हनुमान, यानी कि तेरा बड़ा भाई संदेश, अभी यहीं था, कुछ देर पहले ही गया है, शायद अपने दोस्तों के वहां गया होगा। बस, यही लोग हैं, जिनको मुझसे लगाव है, बाकी का तो तुम्हें पता ही है। अच्छा, मेरी चिंता छोड़ो। मैंने ये सब तुम्हारे छोटे लखनवी भाई आदेश को भी बताया है। वैसे रोजाना तुमसे बातें करके मुझे बहुत हलका महसूस होता है। साथ ही मुझे तुम्हारे काम को देखकर भी अच्छा लगता है। अपने काम में यूँ ही लगे रहो, एक न एक दिन एक अच्छा और नामी राइटर बनने का तुम्हारा और मेरा ख्वाब जरूर पूरा होगा। वैसे भी तुम्हारा अवॉर्ड मुझे ही तो लेना है। अरे हाँ, कल तुम कुछ मुझसे मेरे बारे में पूछने की बात कह रहे थे। क्या पूछ रहे थे?

राम : अरे हाँ मम्मी, दरअसल मैं आपसे आपकी शादी से पहले के बारे में जानना चाहता था। हम रोजाना यूँ ही अपनी दिनचर्या की बातें करते रहते हैं, लेकिन फिर भी मुझे आपकी बहुत सारी बातें खासकर आपके मायके के दिनों की बात बिल्कुल पता नहीं है। हालाँकि जबसे मैंने थोड़ा बहुत जानना–समझना शुरू किया है, तबसे लेकर तो आपकी सारी बातें मुझे पता हैं, लेकिन मैं अभी भी आपके बचपन, विवाह और विवाह के बाद की बातें जो मेरे जन्म से पहले की हैं, नहीं जानता हूँ, उनका जानना मेरे लिये बहुत जरूरी है।

विमला : ऐसा क्या जरूरी है? वैसे इन सब बातों का तुम करोगे क्या? तुम मेरी जैसी बेवकूफ बुढ़िया पर कोई आर्टिकल तो प्लॉन नहीं कर रहे हो? अगर ऐसा कुछ है, तो मत करो बेटा। मैं बिल्कुल एक साधारण सी औरत हूँ। भला मेरे बारे में किसको दिलचस्पी होगी?

राम : मम्मी, आप न केवल मेरे लिए, बल्कि इस पूरे समाज के लिये किसी प्रेरणा से कम नहीं हैं। इतनी बीमारी और बिस्तर पर होने के बावजूद स्वाभिमान और सच्चाई के साथ जीना वाकई में किसी के लिये भी आदर्श हो सकता है। आप वास्तव में मेरे लिये माँ अंबे के समान हैं। आप परेशान मत होइये, कुछ दिनों के बाद मैं बताऊँगा कि आपके बचपन और विवाह की यादों के साथ मैं क्या करने वाला हूँ? फिलहाल तो मुझे आप अपने बचपन और विवाह के बारे में बताइये।

[यह सुनकर विमला पल भर में गंभीर हो जाती है और अपने जीवन–यात्रा के लगभग 60 बरस के पहले की यादों में खो जाती है।]

(परदा गिरता है।)

स्थान : गोरखपुर जिले के एक गाँव देवीपुर के एक संयुक्त घर (खपरैल का बना) का कमरा।

समय : रात

[एक संभ्रान्त संयुक्त परिवार में एक बच्ची जन्म लेती है। औरतों का समूह बच्ची को देखकर दुःख से भर उठता है।]

औरतों का समूह : हे भगवान! बच्ची, अभागी, अब इसका क्या होगा?
[नवजात बच्ची जोर–जोर से रोना शुरू कर देती है।]

औरतों के समूह में से एक औरत : रोअनी बिटिया! इसकी किस्मत में तो वैसे भी रोना ही लिखा है, इसका भाई पहले ही मंदबुद्धि है और उस पर इस बच्ची का जनम! यह निश्चय ही अपनी अभागी, विधवा माँ के ऊपर किसी बोझ से कम नहीं है।
[यह औरत बच्ची को अपनी गोद में उठाती है।]

औरत : ओह हो! लो, इसने तो मेरी साड़ी गीली कर दी। अरी! सुनती हो बड़की बहू, लो, अपनी बच्ची को सँभालो और इसे दूध पिला दो।
[यह औरत बच्ची को दूध पीने के लिये उसकी माँ को देती है, अचानक बच्ची चुप हो जाती है।]

बच्ची : (अन्तः स्वर) अनंत अंधकार से प्रकाश के बीच ये मैं कहाँ हूँ? निश्चय ही मैं इस दुनिया के सबसे प्यारे, खूबसूरत एवं सुरक्षित हाथों में हूँ। लेकिन, आखिर सुकून भरी सुरक्षा का यह आसरा किसका है? जो भी है, लेकिन अवश्य ही यह मेरा भगवान है।

[बच्ची ममम......बोलना शुरू करती है, जो शायद संकेत है, एक माँ के निष्कपट दुलार के प्रति किसी भी नवजात बच्चे या बच्ची के आभार प्रकट करने का।]

औरतों के समूह में से एक दूसरी औरत : अच्छा, हम समझ गये कि तुम काहे चुप हो गई। अरे भई, अपनी माँ की गोद में जो हो।

[यह कहते हुये औरतों का समूह चला जाता है। उनके जाने के बाद माँ अपनी बच्ची को प्यार से दुलारते हुये कहती है।]

माँ : मेरी प्यारी राजकुमारी! तू निश्चय ही मुझे अपने परिवार में मान–सम्मान दिलायेगी।

(परदा गिरता है।)

स्थान : आँगन के बाहर

समय : सुबह

[पार्श्व में संगीत के साथ पटल या स्क्रीन पर पात्रों का परिचय या क्रेडिटलाइन चमकता एवं उभरता हुआ।]

[चिड़ियाँ चहचहा रही हैं। गायें रँभा रही हैं। कुओं से पानी निकाला जा रहा है। आँगन के निकट पार्श्व में उत्तर प्रदेश के पूर्वांचल क्षेत्र का एक मशहूर लोकगीत खिड़की से छनकर सुनाई पड़ रहा है। दरअसल पूर्वांचल के खेतों में धान की फसल की रोपाई करते हुये मदमस्त होकर गाँव की औरतें समवेत स्वर में यह गीत गा रही हैं। साथ ही गीत गाते हुये खेतों से वे खेतों के मालिकों के दरवाजों पर जाकर नाच–गा भी रही हैं।]

औरतों का समूह (लोकगीत गाते हुये)

आजु आनंद भये बखरी हो, हरियाली धरती की धूम मची हो,
कहवां से अइले हे राम और लक्ष्मण, कहवां से अइली सिया सुनरी हो....
आजु लुटइबे सगरी नगरी के धन हो, रिमझिम का झूला झूले मनवा मगन हो,
आजु आनंद भये बखरी हो, हरियाली धरती की धूम मची हो,
कहवां से अइले हे राम और लक्ष्मण, कहवां से अइली सिया सुनरी हो....
आजु आनंद भये बखरी हो, हरियाली धरती की धूम मची हो....

— लखनऊ से अइहैं सजना, गोरखपुर से अइहैं, कानपुर कमा के, महराजगंज
में जइहैं,
अबके सवनवा में करिबे, सिंगार हो, जी भर के बगियन में, गइबे मल्हार हो,
ओढ़नी उड़ाये धानी, जुल्मी बयार हो,
आजु आनंद भये बखरी हो, हरियाली धरती की धूम मची हो....

— असोम से अइहैं बेटा, गुजरात से अइहैं, देसवा जीतवलै जइसे, डंका फिर
बजइहैं,
माँ के अचरवा में, अइहैं बहार हो, अँगना खिल जइहैं, महक जइहैं घर–दुआर हो,
छलकेला अँखियन में, प्यार–दुलार हो,
आजु आनंद भये बखरी हो, हरियाली धरती की धूम मची हो....

— बंबई से अइहैं भइया, दिल्ली से अइहैं, जयपुर से चुनरी–चूड़ी, राखी में लइहैं,
बचपन के दिनवा हमके, आवेला याद हो, फुलकी मिठाई लेके, जोहेला बाट हो,
जिनगी के डोली में बनके, रइह कहार हो,
आजु आनंद भये बखरी हो, हरियाली धरती की धूम मची हो....

— पटना से अइहैं देवरजी, नासिक से अइहैं, जबलपुर में जमके, जाके जम्मू
जमइहैं,
बेरंग लागेला, होली के गुलाल हो, हंसेली त याद आवे, तुहरे मजाक हो,
बेटा तू ही, भईया तू ही, सखी तू हमार हो,
आजु आनंद भये बखरी हो, हरियाली धरती की धूम मची हो,
कहवां से अइले हे राम और लक्ष्मण, कहवां से अइली सिया सुनरी हो,
आजु आनंद भये बखरी हो, हरियाली धरती की धूम मची हो....

(परदा गिरता है।)

समय : सुबह

[पार्श्व में बजते गीत के साथ ही बच्ची अब लगभग 8 वर्ष की हो चुकी है। अब वह पाठशाला जाने वाली है। उसकी माँ उसके बाल सँवार रही है और उसे पाठशाला जाने के लिये तैयार कर रही है।]

माँ : अब मेरी फलानी पाठशाला जायेगी।

बच्ची : माँ, सारे लोग मुझे फलानी क्यूँ कहते हैं? फलानी माने क्या होता है?

माँ : फलानी माने तो कुछ नहीं होता।

बच्ची : माँ, क्या मेरा कोई ऐसा नाम नहीं हो सकता जिसका कोई माने हो?

माँ : अच्छा, चल ठीक है। आगे से अब मैं तुझे कभी फलानी नहीं कहूँगी।
[एकटक पूजाघर की दीवार पर टँगी एक तस्वीर में माँ दुर्गा के विभिन्न नामों में विमला शब्द को देखने के बाद बच्ची की माँ कहती है।]

माँ : अच्छा, चल ठीक है। देवी मईया दुर्गा का एक नाम है न विमला, जो कि ज्ञान की देवी हैं, आज से मैं तुझे इसी नाम से पुकारूँगी। मैं तेरे दद्दा जी को भी यह संदेशा अभी भिजवा देती हूँ कि वे पाठशाला में तेरा नाम विमला ही लिखवायें। अब तो तू खुश है ना?
[यह सुनकर बच्ची अपनी माँ को चूमती है और पूछती है।]

विमला : अच्छा माँ, तुम्हारा क्या नाम है?

माँ : मेरा नाम........शारदा। विमला, आज तूने मुझे अहसास दिलाया कि मेरा भी कोई वजूद है। वरना जबसे यहाँ आई हूँ अपना नाम तो मैं जैसे भूल ही गई थी, बस बड़की बहू याद रहा। विमला, तूने मुझे मेरा नाम याद दिलाया। तेरी जैसी बिटिया पाके वाकई मैं धन्य हो गई रे।
[यह कहते हुये शारदा का गला भर आता है और वह विमला को अपने सीने से लगा लेती है। बाहर दद्दाजी पुकारते हैं।]

दद्दा जी : बड़की बहू! ओ बड़की बहू! अपनी बिटिया को बाहर जल्दी भेज, पाठशाला के लिये देर हो रही है।

(परदा गिरता है।)

स्थान : आँगन
समय : सायंकाल

शारदा : विमला बेटी, कहाँ है तू? अच्छा, तो तू यहाँ है। और ये क्या कर रही है तू? हर समय तू साड़ी पहनने की ही कोशिश में लगी रहती है। अच्छा है, अब मैं तेरा ब्याह जल्दी ही करवा दे रही हूँ। ठीक है ना?

विमला : *(शरमाते हुये)*
माँ, मैं तो बस यूँ ही। उफ, कितना मुश्किल है साड़ी पहनना? पता नहीं, आप सब लोग इसे कैसे पहन लेती हैं? अच्छा यह बताओ माँ, तुमने रंगीन साड़ी क्यूँ नहीं पहनी है? जब देखती हूँ, तुम हमेशा सफेद साड़ी ही पहने रहती हो। और तुम अपनी माँग में सिंदूर भी क्यूँ नहीं लगाती हो? लाओ माँ, मैं यह सिंदूर तुम्हारी माँग में भर देती हूँ।
[यह सुनकर विमला की चाची सरिता, जो वहीं पास में मौजूद होती है, गुस्साते हुये कहती है।]

सरिता : विमला! पगला गई है क्या रे? पता है, घोर अनर्थ करने जा रही है तू। रुक जा, तेरी माँ विधवा है, तेरा बाप नहीं है। इसलिये तेरी माँ अपनी माँग में सिंदूर कैसे लगा सकती है? और हाँ, तू खुद सिंदूर नहीं लगा सकती, क्योंकि अभी तेरा ब्याह नहीं हुआ है।

विमला : चाची, ये सब तुम्हें कैसे पता? तुम्हें किसने बताया? माँ, क्या यह सब सच है?

शारदा : हाँ, मेरी बच्ची, तेरी चाची ठीक कह रही है। लेकिन तू बिल्कुल भी ना घबरा, तेरी माँग में सदा सिंदूर सजा रहेगा। यह मेरा आशीर्वाद है। अच्छा, तू मेरी छोड़। वैसे भी मुझे रंग–वंग बिल्कुल भी पसंद नहीं है।
[यह सब कहते हुये शारदा पूजा की थाल लिये आँगन के कोने में बने मंदिर में जाने लगती है। उधर सरिता कुछ बुदबुदाते हुये निकल जाती है।]

(परदा गिरता है।)

(कुछ सालों बादः)

स्थान : आँगन
समय : सुबह

शारदा : विमला, क्या तू पाठशाला जाने के लिये तैयार है? आज तेरा आठवीं का नतीजा आने वाला है न?

विमला : हाँ माँ, मैं जानती हूँ और हर बार की तरह देखना, इस बार भी मैं ही अव्वल आऊँगी।

[तभी विमला के दद्दाजी आते हैं और कहते हैं।]

दद्दाजी : विमला, तेरी पाठशाला से मैं तेरा नतीजा लेता आऊँगा। अब तुझे पाठशाला जाने की बिल्कुल भी ज़रूरत नहीं है। अब से तुझे घर की देख–भाल करनी है और घर के सारे काम–धाम सीखने हैं और बड़े लोगों की सेवा भी करनी है।

विमला : दद्दाजी, आप कितने अच्छे हो! इस कारण आपको पता है, अब से मैं अपनी माँ के साथ हमेशा ही रह पाऊँगी और आप बिल्कुल भी चिंता ना करिये। अपने बड़ों के साथ–साथ मैं अपनी माँ की भी जी भर के सेवा करूँगी।

शारदा : *(थोड़ी खीज के साथ)*
विमला! रसोईघर में जा और अपने दद्दाजी के लिये नाश्ता ले आ। अब से तुझे ये सब रोजाना ही करना है।

(परदा गिरता है।)

स्थान : आँगन
समय : सायंकाल

[विमला की सहेली (सखी या दोस्त), बरखा, उसके घर आती है।]

बरखा : चाची, विमला कहाँ है?

शारदा : अंदर कमरे में है। जा वहीं मिल ले।
[बरखा कमरे के अंदर जाती है।]

विमला : अरे बरखा तू! मेरी प्यारी सहेली!

बरखा : विमला! आज तू पाठशाला क्यूँ नहीं आई?

विमला : बरखा! अब से मैं पाठशाला कभी भी नहीं जाऊँगी। यह मेरे दद्दाजी का कहना है। मैं अब बड़ी हो गई हूँ न। इसलिये मुझे अब घर के सारे काम–धाम सीखने और करने हैं। उसके बाद मेरा ब्याह होगा। उसके लिये मुझे साड़ी पहनना भी तो सीखना है। मुझे खूब सारा सजना–सँवरना भी तो सीखना है।

बरखा : विमला! तू ठीक तो है न? पगला गई है क्या? पढ़ाई में तू कितनी तेज है। पता है, पूरी कक्षा में तू फिर से अव्वल आई है। तूने ही तो मुझसे कहा था कि एक दिन तू पढ़–लिख कर अपनी माँ का नाम रोशन करेगी। क्या मैं अपने बापू से कहूँ कि वो तेरे दद्दाजी से बात करें?

विमला : बरखा! तू कितनी अच्छी है? तुझे कोई ज़रूरत नहीं है, ऐसा कुछ करने की। दद्दाजी का कहना बिल्कुल ठीक है। वैसे भी मैं बहुत खुश हूँ, क्योंकि अब से मैं अपने पूरे परिवार की सेवा करूँगी। दद्दाजी हमारे बड़े हैं। उन्होंने सोच–समझ कर ही यह फैसला लिया होगा। और फिर मुझे अपनी माँ की सेवा भी तो करनी है। तू तो जानती है न कि वो कितना बीमार रहती है। हर काम तो वो कर नहीं सकती न? आखिर मेरी भी तो कुछ जिम्मेदारी है। तू यकीन कर, बरखा। इसी बहाने मैं अपनी माँ के साथ रहकर बहुत खुश हूँ।

[परदे के पीछे शारदा यह सब सुनती है और सुबक–सुबक कर रोती है।]

(परदा गिरता है।)

स्थान : देवीपुर गाँव में घर के आँगन के बाहर
समय : सुबह

[सावन का महीना है। आँगन के बाहर गाँव के पेड़ों पर झूले पड़े हैं, जिन पर कुछ औरतें और लड़कियाँ बैठकर झूला झूलते हुये गीत गा रही हैं।]

पेड़ों पर पड़े झूलों पर महिलायें और लड़कियाँ (गीत गाते हुए)

अरे रामा, सावन में सज गई डाल, झूला, डोले, झूमे जी,

अरे रामा, ताल से मिल गई ताल, झूला, डोले, झूमे जी,

पेंग बढ़ाओ सखी दुनिया झुमाओ, पंख बनाओ आज उड़के दिखाओ,

बूँदों की बदरी कमाल जी, भूल जाओ सारे बवाल जी,

अरे रामा, गिरने लगी बौछार, झूला, डोले, झूमे जी,

अरे रामा, सावन में सज गई डाल, झूला, डोले, झूमे जी...

– जैसे जैसे पुरवइया ठंडी बहेगी, सजना से मिलने की आस बढ़ेगी,

जारे बदरा भेज हमरे पिया को करीब.....उनका बना दे अब हमरा नसीब,

पेंग बढ़ाओ सखी दुनिया झुमाओ, पंख बनाओ आज उड़के दिखाओ,

बूँदों की बदरी कमाल जी, भूल जाओ सारे बवाल जी,

अरे रामा, महके है पेड़वा की डाल, झूला, डोले, झूमे जी,

अरे रामा, सावन में सज गई डाल, झूला, डोले, झूमे जी...

– राधा झूले, कान्हा झूले, झूले सगरा गाँव,

सपनों की दुनिया में बीते, सगरी धूप–छाँव,

उड़ जाये कजरा दे के तन को इक रंग अजीब....उनका बना दे अब हमरा नसीब,

पेंग बढ़ाओ सखी दुनिया झुमाओ, पंख बनाओ आज उड़के दिखाओ,

बूँदों की बदरी कमाल जी, भूल जाओ सारे बवाल जी,

अरे रामा, मस्ती की चले है बयार, झूला, डोले, झूमे जी...

अरे रामा गालों पर गिर गये बाल, झूला, डोले, झूमे जी...

अरे रामा ताल से मिल गई ताल, झूला, डोले, झूमे जी,

अरे रामा, सावन में सज गई डाल, झूला, डोले, झूमे जी,

झूला, डोले, झूमे जी, झूला, डोले, झूमे जी.......

[*खेतों और बगीचों की ओर अपने कमरे की खिड़की से निहारते हुये विमला ये गाना सुनती और देखती है। साथ ही झूलों पर वह खुद को झूलते हुये महसूस करती है। गीत के बीच झूलों के घुमावदार चक्कर में स्वयं को झूलते हुये महसूस करते विमला अब 16 बरस की हो चुकी है।*]

(परदा गिरता है।)

स्थान : आँगन के कोने में बना मंदिर

समय : प्रातः काल

[लाल साड़ी में विमला देवी दुर्गा और भगवान हनुमान की आराधना करते हुये अपनी माँ के लिये प्रार्थना करती है।]

विमला : हे देवी मईया! हे बजरंग बली! मेरी माँ का हमेशा ख्याल रखियेगा। मेरी सारी खुशियाँ उसे दे दीजिएगा, चाहे बदले में मुझे कितना भी कष्ट दे दीजिएगा। मेरी माँ बीमार है, उसका ख्याल रखियेगा। और मेरे भाई को तो आप जानते ही हैं, वह कुछ समझता ही नहीं, उसकी भी रक्षा करिएगा।

[शारदा विमला के पीछे से यह सब सुनती है और पीछे से विमला के सिर पर हाथ फेरती है। पूजा और आरती के बाद शारदा विमला को कमरे में ले जाती है और उससे कहती है।]

शारदा : विमला! तेरा ब्याह तेरे चाचाजी ने गोरखपुर जिले के महराजगंज कस्बे के भगवानपुर गाँव के एक लड़के के साथ पक्का कर दिया है। वह लड़का गोरखपुर में पढ़ता है।

विमला : माँ! मेरे ब्याह के बाद क्या होगा?

शारदा : अरी मूरख! तेरे ब्याह के बाद तेरा खुद का परिवार होगा। तेरा परिवार तेरी देख–भाल करेगा। हाँ, ब्याह के बाद तुझ पर हमारा कोई अधिकार नहीं रहेगा, और तुझे भी अपने पति के परिवार के हिसाब से ही अपने पति के साथ रहना पड़ेगा।

विमला : माँ! मैं तुझे छोड़कर कहीं भी नहीं जाऊँगी।

शारदा : देख, अभी तो तेरा बस ब्याह होगा। लेकिन ब्याह के 2 बरस बाद गौने (या गवना : विवाह के कुछ समय बाद होने वाला दुल्हन–विदाई का आयोजन)

के वक्त तो तुझे मुझे, इस परिवार और इस पूरे गाँव को छोड़कर जाना ही पड़ेगा, मेरी बच्ची। अच्छा, ये सब तू छोड़। तू मुझे यह बता कि अपने ब्याह में तू नई साड़ी, चूड़ी, सोने के झुमके, बालियाँ पहनेगी न? और हाँ, इसके बाद तू अपनी माँग को सिंदूर से भी सजा सकेगी।

विमला : ये सब तो ठीक है माँ, लेकिन ब्याह के 2 बरस बाद गौने के वक्त भी मैं अपना यह घर और तुझे छोड़कर कहीं नहीं जाऊँगी।
[यह सुनकर शारदा विमला से लिपटकर रोने लगती है और कहती है।]

शारदा : मेरी प्यारी, लाडली बिटिया!

(परदा गिरता है।)

स्थान : आँगन के बाहर
समय : सायंकाल

[आँगन में विमला के दद्दाजी सारे परिवारजनों को इकट्ठा कर उनसे कहते हैं।]

दद्दाजी : कल हम विमला का तिलक चढ़ाने उसकी ससुराल जा रहे हैं। तुम सब तैयार हो चुके हो कि नहीं? अरे, अपनी पोती को हम हर चीज देंगे। उसके परिवार वालों को भी लगना चाहिये कि हम किसी शाही परिवार से कम नहीं हैं।
[यह सुनकर सरिता अपने पति यानी विमला के चाचाजी से कहती है।]

सरिता : देखो जी! हमारे घर में और भी लड़कियाँ हैं। उतना ही करना जितना कम से कम हो सके, समझे कि नहीं?

सरिता के पति (विमला के चाचाजी) : तुम एकदम चुप रहो, विमला का बाप नहीं है। हम सभी उसके पिता समान हैं। हम सब उसे अपनी सामर्थ्यनुसार सब कुछ देंगे। उसने पूरे परिवार की इतनी सेवा की है, वो भी बिना किसी स्वार्थ के। ऐसा सेवा भाव इस परिवार में किसी भी लड़की के पास नहीं है। और तुम! तुमने भी तो उससे अपनी कितनी सेवा कराई है। इसलिये अपना मुँह बंद रखो।

[शारदा यह सब चुपचाप सुनती है और विमला के चाचाजी द्वारा विमला की सेवा की बढ़ाई (प्रशंसा) से बहुत ही फख्र (गौरवान्वित) महसूस करती है।]

(परदा गिरता है।)

स्थान : महाराजगंज का भगवानपुर गाँव
समय : रात

[विमला का होने वाला पति नरसिंह नारायण अपने दादाजी के साथ विमला के दद्दाजी और चाचाओं के सामने बैठा है, जिसका तिलक समारोह लालटेन, दीये और ढ़िबरी (शीशे की एक बोतल में भरा तेल—बाती जो लालटेन की तरह रोशनी देता है) की रोशनी में कुछ ही देर में शुरू होने वाला है।]

(परदा गिरता है।)

स्थान : खपरैल और मिट्टी के बने हुए मकान के एक कमरे के अंदर का दृश्य
समय : रात

[विमला के होने वाले ससुर (श्वसुर) गिरधर मुरारी नारायण और सास ललिता देवी शराब के गिलास के लिये लड़ाई कर रहे हैं।]

गिरधर मुरारी नारायण : हमारे बेटे का तिलक अभी शुरू ही होने वाला है। सभी लोग बाहर हमारा इंतजार कर रहे होंगे और तुम हो कि शराब के लिये लड़ रही हो। लड़ाई छोड़ो, जितना भी दे रहा हूँ, उसे जल्दी पिओ और बाहर चलो।

ललिता देवी : ऐतनी टेम, मुझे थोड़ी सी शराब गिलास में और दो। मेरे गिलास की शराब तुम्हारे गिलास की शराब से थोड़ी कम क्यूँ है?
[नेपथ्य में गिरधर मुरारी नारायण की बिटिया बिंदिया की आवाज सुनाई पड़ती है।]

बिंदिया : माई! बापू! आप दोनों बाहर आओ, बाहर लोग आपका इंतजार कर रहे हैं।

गिरधर मुरारी नारायण और ललिता देवी : बिटिया! बस हम जल्द आ रहे हैं।

(परदा गिरता है।)

स्थान : *महाराजगंज स्थित भगवानपुर गाँव में नरसिंह नारायण के मकान का प्रवेश–द्वार*
समय : *रात*

[पार्श्व में कुछ लोक–संगीत के साथ तिलक समारोह का समापन हो जाता है।]

(परदा गिरता है।)

स्थान : *गोरखपुर के देवीपुर गाँव में विमला के घर का आँगन*
समय : *सायंकाल*

दद्दाजी : अरी बड़की बहू..! छुटकी बहू..! कहाँ हो तुम सब? तुम सभी ईधर तो आओ।
[सभी परिवारजन आँगन में इकट्ठा होते हैं।]

दद्दाजी : अरे, अपनी विमला का भाग्य बड़ा तेज है। विमला का होने वाला पति बहुत होनहार, सुंदर और सुशील है। यह सब इसके देवी–देवताओं के प्रति इसकी अटूट श्रद्धा, भक्ति तथा बड़ों के प्रति सच्चे सेवा भाव का परिणाम है। यह निश्चय ही अपने पति के घर सदा सुखी रहेगी।
[यह सुनकर सभी खुश होते हैं, विशेषकर शारदा। वह खुशी के आँसू रोते हुये माँ दुर्गा को धन्यवाद देती है।]

शारदा : *(मन में)*
हे देवी, अंबे मईया, तेरी सदा जय होवे!

दद्दाजी : अरे, तुम सब लोग मेरा मुँह क्या देख रहे हो? जाओ, सब विमला के ब्याह की तैयारियाँ करो।

(परदा गिरता है।)

स्थान : महाराजगंज शहर के शिवनगर मुहल्ले में विमला के मकान के कमरे के अंदर का दृश्य
समय : सायंकाल

[विमला के पति नरसिंह नारायण कमरे में सब्जियों एवं अन्य वस्तुओं के साथ प्रवेश करते हैं।]

नरसिंह नारायण : तुम मोबाइल पर किससे बातें कर रही हो? राम ही होगा, क्योंकि तुम्हारे चेहरे की खुशी बता रही है कि राम ही है।
[नरसिंह नारायण की बातें सुनकर विमला अपने अतीत की यादों से वर्तमान में लौट आती है।]

विमला : राम! तुम्हारे पिताजी आ गये हैं। अच्छा, बाकी बातें मैं तुम्हें कल बताऊँगी। तुम बस अपना ख्याल ठीक से रखना। मैं अब मोबाइल रखती हूँ।

राम : ठीक है मम्मी, आप भी अपना ख्याल अच्छी तरह रखियेगा। जय माता दी!

विमला : जय माता दी! बेटा।

(परदा गिरता है।)

स्थान : कमरे के अंदर
समय : देर रात का दृश्य

विमला : हे जी! सुनते हो! मुझे बॉथरूम करना है। हे जी.....हे जी.....
[विमला कुछ झिझक के साथ बार–बार यह कहती है, लेकिन नरसिंह नारायण गहरी नींद में होते हैं। विमला दीवारों के सहारे उठकर काठ के कमोड वाली कुर्सी की ओर जाती है।]

(परदा गिरता है।)

स्थान : कमरे के अंदर का दृश्य
समय : अगला दिन, प्रातः काल

नरसिंह नारायण : सुनती हो! तुम्हारी दवायें मैंने बेड पर रख दी है। मैंने खाना बना दिया है। अपने हनुमान बेटे 'संदेश' से नाश्ता एवं खाना ले लेना।

विमला : सुनो जी! आज जाना जरूरी है? आज कचहरी न जाओ जी, मुझे थोड़ी घबराहट हो रही है।

नरसिंह नारायण : देखो, मैं, कचहरी जाना बिल्कुल भी छोड़ नहीं सकता। वैसे मैं.....जल्दी आने की पूरी कोशिश करूँगा। मुझे कमाई भी तो करनी है।

विमला : हाँ, आप कमाई नहीं करोगे तो आपके 40 साल के छोटे बच्चे खायेंगे कैसे? कहने को तो हमारे 6 बेटे और 1 बेटी है, लेकिन नीचे के 3 बेटों को छोड़कर कोई पूछने वाला नहीं है। आपसे आपके बेटे–बहू कोई रिश्ता न रखें, लेकिन आपको हमेशा उनकी परवाह मेरे से ज्यादा ही रहती है। आप जाओ, और जल्दी आने की बिल्कुल भी जरूरत नहीं है। वैसे भी कभी भी कहकर सही टाइम पर आये हो, जो आज आओगे। जाओ, मैं अकेली ही ठीक हूँ।

नरसिंह नारायण : मैं निकल रहा हूँ।

विमला : जाओ, तुरंत जाओ। मैं खुद को सँभाल सकती हूँ। आप बस अपने 40 साल के बच्चों को अभी भी चम्मच से खिलाओ। मेरे लिये आपको तनिक भी परेशान होने की जरूरत नहीं है। आपके बड़े बच्चे आपसे अलग हो चुके हैं, कोई मतलब नहीं है उनको हमसे। एक गिलास पानी के लिये भी चिल्लाना पड़ता है, लेकिन कोई देने तो क्या, झाँकने तक नहीं आता। घर, खेत, सब मेरे नाम है, देखना, मैं अपनी हर चीज किसी गैर को दे दूँगी, लेकिन इन सबसे कोई रिश्ता नहीं रखूँगी। इन सभी को कभी भी माफ नहीं करूँगी, क्योंकि ये सब मेरे बिस्तर पर होने के बाद ये सब कर रहे हैं, अगर मैं बिस्तर पर नहीं होती तो शायद माफ भी कर देती!

नरसिंह नारायण : तुम कहती रहो, मुझे कोई फर्क नहीं पड़ता।

विमला : जब 40 साल नहीं पड़ा, तो अब क्या पड़ेगा?
[यह कहकर विमला मायूस होकर माँ दुर्गा की मूर्ति की ओर देखती है।
पार्श्व में पूर्वांचल का वही मशहूर गाना बज रहा है, लेकिन आज इस
गीत में केवल एक दर्द, एक उदासी है।]

(पार्श्व में बजता लोकगीत)

सांझ सवेरा बीतल, दिनवा भइल काल, अब त बंजर भइल धरती, सूखल हर ताल,
रह गइले खूंटा घर के, गिनत दिनवा साल, अमवां पे रोये कोयलिया,
छेड़ दुःख के राग,
केकरा के दोष देई, केकरा के दाग हो........
आजु आनंद भये बखरी हो, हरियाली धरती की धूम मची हो,
कहवां से अइले है राम और लक्ष्मण, कहवां से अइली सिया सुनरी हो
आजु आनंद भये बखरी हो, हरियाली धरती की धूम मची हो....

(परदा गिरता है।)

स्थान : कमरे के अंदर का दृश्य
समय : प्रातः काल

[विमला आँखों में आँसू लिये अपने बेटे 'संदेश' द्वारा रखे नाश्ते की
थाल में रखे रोटी के टुकड़े सब्जी के साथ खाकर अपनी दवाईयाँ लेती
है, कि तभी उसकी पोती अनुराधा कमरे में प्रवेश करती है।]

अनुराधा : दादी! मैं संदेश चाचा के कमरे में रखी आलमारी को साफ कर रही
थी तो मुझे एक पुरानी फोटो मिली है। मुझे लगता है कि ये आपकी है, जरा देखिये तो।

विमला : हाँ मेरी बच्ची, यह मेरे गौने के बाद की फोटो है। इसे मेरे पास ही रहने
दे। अच्छा, बक्से वाले कमरे में एक अटैची रखी है, उसे तू रख ले, और ये कुछ
रुपये भी रख ले, तेरे काम आयेंगे।

[अनुराधा के जाने के बाद अपनी पुरानी फोटो देखकर विमला अपना चेहरा आईने में देखती है।]

विमला : समय कितनी तेजी से दौड़ता है!!!
[यह कहते हुए विमला घड़ी की सुईयों की तरफ देखती है।]

विमला : (मन में)
आज शाम को मैं राम को अपने ब्याह और गौने के बारे में विस्तार से बताऊँगी।

(परदा गिरता है।)

स्थान : कानपुर स्थित एक मॉल के समीप एक भीड़–भाड़ भरी सड़क
समय : सायंकाल

[ऑफिस का काम खत्म करके राम अपने किराये के घर की ओर पैदल ही लौट रहा है। रास्ते में लोगों से टकराते हुए वह अपनी माँ विमला को मोबाइल से कॉल करता है।]

राम : हैलो, हाँ मम्मी, आपने चाय–नाश्ता वगैरह तो शाम को कर लिया था, न?

विमला : हाँ बेटा, तू बता तूने दोपहर में ठीक से खाया–वाया कि नहीं?

राम : हाँ मम्मी, वैसे कल शाम से ही मैं आपकी कहानी के बारे में ही सोच रहा हूँ। अच्छा, उससे आगे के बारे में तो बताइये।

विमला : तुझे बताने के लिये मैं खुद भी बहुत उतावली हूँ। पता है, आज मुझे अपने गौने के बाद की एक पुरानी फोटो मिली, जो कहीं गुम हो गई थी।

राम : अरे, वो फोटो तो शायद संदेश भइया के कमरे की आलमारी में थी। उसे मैंने देखा है। मम्मी, आप उस फोटो में कितनी प्यारी लगती हो!

विमला : अच्छा, सच में बेटा, आज—कल की औरतों से भी सुंदर?

राम : हाँ मम्मी, वैसे भी सादगी भरी सच्ची सुंदरता का कोई जोड़ नहीं है। अच्छा, आप अपने आगे की कहानी तो बताइये।
[*विमला अपने उसी पुराने फोटो को देखती है और अपने पुराने समय में पुनः खो जाती है।*]

(*परदा गिरता है।*)

स्थान : *गोरखपुर के देवीपुर गाँव में विमला के घर का आँगन*
समय : *सायंकाल*

[*विमला की शादी का मंडप उसके घर के आँगन में सजा है, जहाँ नरसिंह नारायण और विमला के ब्याह का कार्यक्रम चल रहा है। लेकिन वे अभी भी एक दूसरे के चेहरे से अनजान हैं, क्योंकि तब परदा रिवाज के कारण विमला घूँघट में होती है। लोकसंगीत के बीच विमला का ब्याह और वर—विदाई कार्यक्रम संपन्न हो जाता है।*]

(*परदा गिरता है।*)

(*कुछ दिनों बादः*)

स्थान : *आँगन*
समय : *सुबह*

बरखा : विमला! जीजा जी कितने प्यारे हैं? सभी कह रहे हैं कि तू बड़ी भाग्यवान है। नरसिंह नारायण जी पढ़े—लिखे भी हैं और सुना है कि आगे कानून की पढ़ाई करने के लिये वो इलाहाबाद भी जाने वाले हैं। विमला! तेरा जोड़ा वाकई में कमाल का है। विमला! क्या तूने नरसिंह नारायण जीजाजी को देखा?

विमला : धत्......नहीं।
बरखा : झूठी कहीं की। तूने घूँघट के अंदर से ही उन्हें चुपके से देख लिया होगा।

विमला : नहीं देखा.......और सुन बरखा रानी, जब उनके साथ मुझे जाना ही नहीं है, तो मैं उनका चेहरा भला क्यूँ देखती?

बरखा : पगलिया है तू, गौने के बाद तो तुझे उनके साथ जाना ही होगा।

विमला : चल हट.......मैं अपनी माँ को छोड़कर कहीं भी नहीं जाऊँगी। आखिर यहाँ मेरी माँ का ख्याल कौन रखेगा?

[वहीं पास में शारदा यह सब सुनती है और कहती है।]

शारदा : बरखा ठीक कह रही है विमला, गौने के बाद तो तुझे दामादजी के साथ जाना ही पड़ेगा।

विमला : तब की तब देखेंगे माँ, तू बता, अब तो तू मेरे ब्याह से खुश है ना?

शारदा : हाँ मेरी बिटिया, बहुत.......बहुत खुश।

विमला : माँ! वो बरखा जिद कर रही है, क्या मैं कल होली में अपने गाँव में थोड़ा घूमने–फिरने चली जाऊँ?

शारदा : मैं तेरे दद्दाजी को संदेशा भिजवा दूँगी। कल दोपहर के समय तू बरखा के साथ घूमने चली जाना। वैसे भी तू हमेशा काम–धाम और सबकी सेवा में ही लगी रहती है। पता नहीं, फिर तुझे किस होली में घूमने का समय मिले?

विमला : मेरी प्यारी माँ!

(परदा गिरता है।)

स्थान : देवीपुर गाँव
समय : दोपहर

गाँव की एक औरत : दामाद जी कैसे हैं विमला?

विमला : बै.......चाची, उन्हीं से पूछ लेना।

[गाँव की औरतों द्वारा बार-बार छेड़े जाने से परेशान विमला बरखा के साथ गाँव के बाग-बगीचों, खेत-खलिहानों, नहरों और चिड़ियों से बातें करती हुई रंग-अबीर से खेलते हुये बैलगाड़ी पर बैठकर अपना पूरा गांव घूमती है, जैसे पूरी जिंदगी जी लेना चाहती हो। बैलगाड़ी के पहिये के साथ-साथ समय-चक्र भी बदलता है और विमला के गौने की पूर्व संध्या भी आ पहुँचती है।]

(परदा गिरता है।)

स्थान : देवीपुर गाँव
समय : सायंकाल (विमला के गौने की पूर्व संध्या)

[विमला के घर के आँगन में गौने के पूर्व संध्या का कार्यक्रम चल रहा है।]

विमला : माँ! मैं यहाँ वो सब कुछ करूँगी, जो तू कहेगी। लेकिन अपने से दूर इस घर से मुझे कहीं और मत भेज माँ।

शारदा : पगली कहीं की....चल मेरे साथ आ।
[शारदा विमला को घर के आँगन के कोने में बने मंदिर में ले जाती है, जहाँ विराजमान भगवान श्रीराम और देवी सीता मईया को प्रणाम कर उससे कसम लेते हुये कहती है।]

शारदा : देख विमला! सीता मईया को। तू तो सब जानती है न इनके बारे में। तुझे भी सीता मईया के आदर्शों पर ही चलना है। मेरी कसम है तुझे। तुझे अपने घर जाना ही होगा, मेरी बच्ची। यही मेरी इच्छा है और यही परंपरा भी।

विमला : माँ! ये कैसी परंपरा है, जो एक बेटी को अपनी माँ से अलग कर देती है?

शारदा : विमला! तू हर वक्त मेरे साथ ही रहेगी। तू मेरे और अपने भाई के बारे में तो जानती है न? तुझे अपनी जिम्मेदारियों को पूरा करके इस परिवार में मेरे

मान–सम्मान का भी ख्याल रखना है। बेटी! तू ये सब मेरे लिए करेगी न? और हाँ, तू अपनी ससुराल की ओर से मुझे एक भी शिकायत का मौका नहीं देगी, इसका भी मुझे पूरा विश्वास है। विमला! इन सबके साथ एक और चीज भी है, जो तुझे करनी है। तू करेगी?

[यह सुनकर एक पल विमला गौर से अपनी माँ शारदा को देखती है।]

शारदा : विमला! मेरे आखिरी समय में तू मेरे पास रहेगी न? तू ये सब करेगी न?

[यह सुनकर विमला रोते हुये अपनी माँ शारदा के गले लग जाती है कि तभी बरखा आती है।]

बरखा : क्या चाची, विमला तो विमला, तुम भी? आप दोनों रोना बंद करो। अरे खुशी का समय है, तो इसे हँसी–खुशी के साथ जोरदार तरीके से मनाते हैं, और हाँ चाची, विमला का संगीत कार्यक्रम भी तो करना है।

[विमला, शारदा और बरखा आँगन में आती हैं, जहाँ विमला के संगीत कार्यक्रम के लिये औरतों का हुजूम जमा है। यहाँ बरखा विमला को चिढ़ाते और सताते हुये एक गीत गाती है।]

बरखा : *(गीत गाते हुये)*

ननद फूलगेंदवा के भरिहैं पानी, सासू हमारी महलों की रानी,
देवर थानेदरवा के भरिहैं पानी, ननद फूलगेंदवा के भरिहैं पानी........

– रतिया ना नींद आवे, दिनवा ना भावे, मिरची जेठनिया ऊ नखरा दिखावे,
नाजुक देवरानी, के भरिहैं पानी.......ननद फूलगेंदवा के भरिहैं पानी........

– मोतिया लुटावें अम्मा, धनि–धनि मनावें, ससरू अकड़िके माँड़ हिलावें,
लगत खानदानी, के भरिहैं पानी, ननद फूलगेंदवा के भरिहैं पानी........

– बतिया बूझावे सईया, नयना लड़ावे, ताव दिखाके हमरे होश उड़ावे,
करत मनमानी, के भरिहैं पानी......
ननद फूलगेंदवा के भरिहैं पानी,
सासू हमारी महलों की रानी, देवर थानेदरवा के भरिहैं पानी.......ननद फूलगेंदवा के भरिहैं पानी.......

(परदा गिरता है।)

***स्थान** : कानपुर*
***समय** : सायंकाल*

राम : मम्मी, लगता है ऑफिस से कोई अर्जेण्ट कॉल आ रही है। आप अपनी दवाईयाँ सही समय पर जरूर लेती रहिएगा। मैं आपको बाद में कॉल करता हूँ।

[अचानक राम के कहे इन शब्दों से विमला अपने अतीत में खोई तुरंत वर्तमान में लौट आती है।]

विमला : ठीक है बेटा, तू भी अपना ध्यान रखना, जय माता दी!

(परदा गिरता है।)

***स्थान** : लखनऊ स्थित मकान का एक कमरा*
***समय** : रात*

[राम का छोटा भाई आदेश, जो लखनऊ में पढ़ाई करता है, मोबाइल से राम को कॉल करता है।]

आदेश : कैसे हैं भाई? आप स्ट्रेस और हाई ब्लड–प्रेशर की अपनी दवाईयाँ ठीक टाइम पर ले रहे हैं न? इस उम्र में ही ऐसा केवल इसलिये है, क्योंकि आप सबके लिये, विशेष कर मम्मी और घर के बिगड़े माहौल को लेकर कुछ ज्यादा ही चिंता करते हैं।

राम : मुझे समझा रहा है और खुद चिंता करके हाई ब्लड–प्रेशर की दवा खा रहा है।

आदेश : अच्छा ये सब छोड़िये। आज मैंने मम्मी से बात की तो उन्होंने बताया कि आप आजकल उनके बचपन और ब्याह के बारे में बहुत सारी बातें पूछ रहे हैं। कुछ विशेष बात है क्या?

राम : विशेष तो है, ये मेरी तरफ से एक उपहार है मम्मी के लिये। और हाँ, मुझे लगता है कि इसके जरिये मुझे भी मेरी स्ट्रेस प्रॉब्लम का बहुत जल्द एक अच्छा सॉल्यूशन भी मिलने वाला है।

आदेश : मैं बिल्कुल भी नहीं समझा। वैसे भी आप लेखक जो हैं।

राम : तुम बस अपनी पढ़ाई पर ध्यान दो। मैं इस बारे में तुम्हें बाद में विस्तार से बताऊँगा।

आदेश : ठीक है भाई, मैं अब मोबाइल रखता हूँ और आप चिंता बिल्कुल मत करिएगा। एक दिन सब कुछ अच्छा हो जायेगा।

राम : हाँ, अगर माँ अंबे चाहेंगी तो जल्द ही सब ठीक हो जायेगा। अच्छा चल, बाद में बात करते हैं, जय माता दी!

(परदा गिरता है।)

स्थान : महराजगंज स्थित मकान में विमला का कमरा
समय : सायंकाल

[विमला आज बहुत खुश है क्योंकि उसे भी अपने जीवन की कहानी बताना काफी अच्छा लग रहा है। वह राम के मोबाइल कॉल का बेसब्री से इंतजार कर रही है। वह कभी माँ अंबे की मूर्ति को देखती है, तो कभी घड़ी की सुईयों को, तो कभी मोबाइल फोन को। इसी बीच मोबाइल की घंटी बजती है। विमला उत्साह के साथ मोबाइल कॉल रिसीव करती है।]

विमला : हाँ राम, मैं कहानी.......धत् तेरे की, कंपनी कॉल.....।

नरसिंह नारायण : श्रीमती जी, तुम राम को बहुत मानती हो।

विमला : नहीं जी, मैं दुनिया में सबसे ज्यादा आपको चाहती हूँ। आप भले ही मुझे उतना ना चाहो, जितना मैं आपको चाहती हूँ लेकिन सच यही है कि मेरे लिये

आप ही मेरा तीरथ हो। वैसे भी एक पत्नी के लिये उसके पति से बढ़कर कुछ नहीं होता। पति तो अनमोल है। लेकिन राम की चिंता इसलिये भी रहती है, क्योंकि एक तो वो बाहर रहता है, दूसरे बीमार भी रहता है। इसके अलावा बेटा होने के साथ-साथ वह मेरा सबसे अच्छा दोस्त भी है। और सबसे बढ़कर बात यह है कि वह सबके लिये सच्चा है और आप तो जानते हो कि मेरे लिये सच्चाई से बढ़कर कुछ भी नहीं है। राम बिल्कुल मेरी परछाई की तरह है। पता नहीं उसे कैसे मेरी सारी भावनाओं की खबर बिना बताये ही लग जाती है, बचपन से उसे जानती हूँ। वैसे तो सभी मेरे लिये खास हैं, लेकिन राम के गुण उसे सबसे अलग बनाते हैं। उसने मेरी बीमारी में एक औरत से बढ़कर मेरी सेवा की है। पता है, वह मेरे लिये अपनी नौकरी तक छोड़कर यहाँ आना चाहता है। वह तो मेरे सपनों की खातिर कानपुर में रुका है। आप ही बताओ, इतना पढ़ा-लिखा है, होशियार है, और फिर यहाँ तो उसके लिये कुछ भी नहीं है। फिर मैं अपने लिये उसकी जिंदगी कैसे बरबाद होने दूँ?

नरसिंह नारायण : लो, मोबाइल की घंटी फिर से बज रही है। इस बार निश्चित ही राम ही होगा। राम की ही कॉल है। लो, ये मोबाइल पकड़ो और तुम माँ-बेटा अपने सुख-दुःख साझा करो। मैं चला किचन में खाना बनाने।
[मोबाइल रिसीव करते हुये सबसे पहले विमला नरसिंह नारायण की बात का जवाब देती है, जिसे राम भी सुनता है।]

विमला : क्या करोगे जी? जब मैं बिस्तर पर हूँ और किसी को कोई मतलब नहीं है, तो तुम्हें ही तो करना पड़ेगा। वैसे भी आज तक मेरी बात तो आपने कोई मानी नहीं। यही कारण है कि सब अपने-अपने स्वार्थ में लगे हैं, खा हमारा रहे हैं, लेकिन करने की किसी की जिम्मेदारी नहीं। यही कारण है कि आपको मेरे लैट्रिन की बॉल्टी तक उठानी पड़ती है।

राम : क्या हुआ मम्मी?

विमला : छोड़ो बेटा, ये तो रोज की कहानी है। तुम कानपुर में मजबूर हो, आदेश लखनऊ में और मेरी बीमारी ऐसी कि चलना-फिरना दुश्वार है, अच्छ ये सब छोड़, तू ठीक तो है न?

राम : मम्मी, मैं नौकरी छोड़कर आ जाता हूँ आपके पास।

विमला : उससे कुछ हासिल नहीं होगा। रोज–रोज तेरे पिताजी मुझे मेरी दवाई का ताना देते हैं, फिर तुझे क्या देंगे? वैसे भी यह ऐसी जगह है, जहाँ तेरे लिये कोई काम नहीं है। मेरे जीवन में यही लिखा है, तू परेशान न हो।

राम : अच्छा मम्मी, ये सब हम छोड़ते हैं। हाँ मम्मी, आपने अपनी कहानी तो अभी पूरी ही नहीं की।

विमला : तू छोड़ मेरी कहानी, ऐसी नीरस कहानी भगवान किसी के भाग्य में न लिखें। वैसे भी यह कहानी तेरे किसी काम की नहीं है। तू फालतू में मेरा मन बहलाने की कोशिश कर रहा है।

राम : अरे मम्मी, आप इतनी बहादुर होकर ऐसी बातें क्यूँ कर रही हैं? आपसे प्रेरणा लेकर ही तो मैं अपनी बीमारियों से लड़कर यहाँ कुछ हासिल करने में लगा हूँ। हाँ मम्मी, आपके कहे अनुसार कल आदेश से मेरी बात हुई थी, वह ठीक है। अच्छा, आप ये बताओ घर पर तो सब ठीक है ना?

विमला : यहाँ सब वैसा ही है जैसा रहता है, वैसे भी यहाँ कभी कुछ नहीं बदलने वाला। सभी अपनी–अपनी दुनिया में मगन हैं। सबसे बड़ा बेटा गाली देते हुये बार–बार खाना माँगता हुआ आने ही वाला होगा। उससे छोटा बेटा अपनी बीवी के साथ मेरे ही घर में हर चीज मेरा ही यूज करके अलग रह रहा है, क्योंकि मैंने बिना कुछ छुपाये सबको बताकर अपने कुछ जमा रुपये इस घर के सबसे छोटे बेटे आदेश को जो दे दिया, जिससे उसका कुछ भाग्य बन सके। क्योंकि अपनी बीमारी, अपने घर और दूसरे घरों की कहानी देखने के बाद मुझे लगा कि सब तो अपना–अपना सँभाल लेंगे, लेकिन आदेश कुछ नहीं कर पायेगा।

राम : मम्मी! तो आपने गलत क्या किया? आपने अच्छा ही किया। वैसे भी जो गलत होता है, वह सामने आ ही जाता है। अच्छा हुआ, जो सबके बारे में समय से पता चल गया।

विमला : ये तू समझ रहा है न, क्योंकि तू बिल्कुल सच्चा और खरा है। वैसे भी मैंने आदेश को ही नहीं, सबको अपना सर्वस्व धन, रुपया–पैसा, जेवर सब दे दिया,

लेकिन आज मेरी बेटी तक, जिसे मैं हद से ज्यादा चाहती हूँ, मुझे अपने कर्मों की सजा भोगने की बात कह रही है। जबकि उसके, उसके पति और बच्चों में से किसी के भी थोड़ा सा भी बीमार होने पर अभी भी मैं माँ दुर्गा से प्रार्थना कर तेरे पिताजी से कपूर चढ़वाती हूँ। यही नहीं, अनुराधा का बाप तक, जो मेरे से अलग है, मेरी ओर देखता तक नहीं, उसके बीमार होने पर भी एक माँ होने के कारण अनुराधा से कहकर उसके लिये भी माँ दुर्गा को पैसे चढ़ाकर कपूर चढ़वाया। खैर, कोई बात नहीं, सब समय का फेर है। लेकिन राम, चाहे कुछ भी हो, मैं बिस्तर पर होते हुए भी किसी भी कीमत पर अपना आत्म–सम्मान, अपनी सच्चाई और अपना न्याय कभी भी नहीं छोड़ूँगीं, भले कोई भी, राम, चाहे तू भी, मुझसे अपना नाता तोड़ ले।

राम : मम्मी! आप ये क्या कह रहीं हैं? मुझसे अगर आप अपना नाता तोड़ेंगी, तब भी मैं आपसे अपना नाता जोड़ लूँगा। सच्चे प्रेम का यही अर्थ है मम्मी। शुद्ध, सच्चे प्रेम का कोई स्वार्थ नहीं होता मम्मी।

विमला : लेकिन इसे फिर कोई क्यूँ नहीं समझता राम?

राम : जाने दीजिए मम्मी, आपने सबको सब दिया, लेकिन बदले में कुछ नहीं लिया। इससे बड़ी बात और भला क्या हो सकती है?

विमला : हाँ राम, तू सही कह रहा है। सबको तो मैंने कुछ न कुछ, अपना सब कुछ दे दिया, लेकिन एक बस तुझे ही कुछ नहीं दिया। लेकिन फिर भी लोग ताने देते हैं कि तू मेरा चमचा है, तू मेरे कान भरता है। इतना झूठ....ऐसा लांछन..... !

राम : मम्मी! आप ये क्या कह रही हैं? आप बिल्कुल सही हैं। आप किसी की भी परवाह मत कीजिए। सच्चा प्रेम पैसे का मोहताज नहीं होता। आपने मुझे सब कुछ दिया है, निःस्वार्थ दुलार, प्रेम और आशीर्वाद। और फिर क्या चाहिये किसी इंसान को?

विमला : देवी दुर्गा मईया जानती हैं कि ये सब तो मैंने सबको बराबर दिया है, लेकिन किसी की समझ में नहीं आया। बस, तुझे ही आया। हाँ आये भी क्यूँ नहीं, आखिर तेरा नाम राम जो है।

राम : अच्छा, ये सब छोड़िये मम्मी, आप मुझे अपनी अधूरी कहानी अब जल्दी से सुनाइये।

[*विमला पुनः अपनी यादों के सागर में डूब जाती है। कहारों की आवाज़ के साथ डोली में बैठी विमला भगवानपुर गाँव में अपने पति के खपरैल और मिट्टी के घर की चौखट पर पहुँचने वाली है। पार्श्व में लोक–संगीत गूँज रहा है।*]

(परदा गिरता है।)

स्थान : *महाराजगंज स्थित भगवानपुर गाँव में विमला की ससुराल*
समय : *दोपहर*

[*विमला को देखने के लिये औरतों का हुजूम जमा है। कुछ परंपरागत् वैवाहिक परंपराओं एवं रीति–रिवाजों को पूरा करने के बाद विमला अपने कमरे में प्रवेश करती है। विमला को जोरों की भूख लगी है, लेकिन सभी उसके साथ आई चीजों को समेटने में लगे हैं, विशेष कर उसकी सास ललिता देवी।*]

ललिता देवी : ऐतनी टेम, तुम्हारे बक्से की चाबी कहाँ है? अपने सारे बक्सों की चाबियाँ मुझे तुरंत दे दो।

[*विमला अपने पास रखी सारी चाबियाँ अपनी सास ललिता देवी को दे देती है। इसके साथ ही ललिता देवी विमला के साथ आये सारे सामान को भी साथ ले जाने के लिये समेटने में लग जाती है, लेकिन फिर भी अपनी बहू को ताने देते हुये कहती है।*]

ललिता देवी : तुम्हारे खानदान का तो बहुत नाम है, लेकिन लगता है सब के सब भिखारी हैं वहाँ, ऐतनी टेम।

[*विमला ललिता देवी की कही सारी बातों को चुपचाप सुनती है। तभी कुछ औरतों का समूह उसकी मुँह–दिखाई की रस्म के लिये उसके कमरे में प्रवेश करता है।*]

औरतों का समूह : अरे वाह, दुल्हनियाँ तो वाकई में बहुत खूबसूरत है!

ललिता देवी : अच्छा, अब तुम सब लोगों का हो गया। ऐतनी टेम, अब तुम सभी अपने–अपने घर पधारो। अरे जाओ, दुल्हन रानी को आराम भी तो फरमाना है।
[औरतों का समूह विमला के कमरे से निकल जाता है।]

ललिता देवी : तुम्हारा नाम विमला है ना? तुम्हारी मुँह–दिखाई रस्म के रुपये और छोटे–मोटे जेवर, जो इन औरतों या सगे–संबंधियों ने तुम्हें दिये हैं, वे मुझे दे दो, ऐतनी टेम और जो कुछ अलग से रखे तुम्हारे गहने हैं वे भी। जल्दी करो।
[विमला अपने कुछ अलग रखे गहने और रुपये अपनी सास ललिता देवी को देने लगती है कि तभी एक छोटे से बटुये (पर्स) से उसकी माँ के दिये सोने के कंगन ज़मीन पर गिर जाते हैं।]

ललिता देवी : चोर, ऐतनी टेम मुझसे छुपाने चली थी, चल दे, इसे भी मुझे दे।

विमला : माँ जी! ये आप क्या कह रहीं हैं? मैं कोई चोर नहीं हूँ, जो इसे चुराऊँगी। इसे मैं आपको दे देती, लेकिन माँ जी, ये मेरी माँ की निशानी है। ये मेरे लिये उनका दिया आशीर्वाद है। इसे न लीजिए माँ जी।

ललिता देवी : जबान लड़ाती है। आज से तेरी कोई माँ–वाँ नहीं है। जो कुछ है, बस यही घर है। आशीर्वाद का झूठ मत बोल, ऐतनी टेम। ला ये मुझे दे दे।
[विमला अपनी माँ के कंगन ललिता देवी को दे देती है। तभी पानी–खाना भरी थाल के साथ उसकी ननद बिंदिया उसके कमरे में प्रवेश करती है। ललिता देवी गहने और रुपये लेकर जाने लगती है और बिंदिया से कहती है।]

ललिता देवी : बिंदिया! ऐतनी टेम, यहाँ पड़े ये सारे बक्से मेरे कमरे में रखवा देना और जो तुझे पसंद हो, उसे तू रख लेना।
[बिंदिया सामान बक्से में समेटने लगती है। विमला अपने पास रखे पानी–खाने की थाली को देखकर फिर सुबक–सुबक कर रोने लगती है। उसके रोने पर बिंदिया कहती है।]

बिंदिया : अरे, तुम काहे को रो रही हो भौजी? अब से यहाँ तुम्हें ऐसे ही सब कुछ सहन करके रहने की आदत डालनी ही पड़ेगी। आखिर तुम इस घर की बहू जो ठहरी।

[विमला कुछ नहीं बोलती है। बिंदिया के जाने के बाद वह अपने पास रखी साड़ी की पोटली में से अपनी माँ द्वारा दी गई माँ दुर्गा की मूर्ति को देखती है और पल भर में उसकी आँखें सजल हो उठती हैं।]

(परदा गिरता है।)

स्थान : ससुराल में विमला का कमरा
समय : रात

[नरसिंह नारायण अपने कमरे में प्रवेश करता है, जहाँ विमला नीचे चटाई पर बैठी है।]

नरसिंह नारायण : तुमने खाना तो खा लिया होगा! अच्छा, अब सो जाओ। मैं भी सोने जा रहा हूँ। मुझे कल ही पढ़ाई के लिये शहर निकलना है। इसलिये माई ने कहा है कि जाते ही सो जाना। और हाँ, एक बात, आगे से अब तुम्हें मेरे पूरे परिवार का ध्यान रखना है। वहाँ शहर में मुझे लगभग 5 साल तक पढ़ना है। अगर तुम यहाँ सब कुछ अच्छे से नहीं सँभालोगी, तो मैं पढ़ नहीं पाऊँगा। तुम समझ रही हो न, मैं क्या कह रहा हूँ?

विमला : आप बिल्कुल भी परेशान मत होइये। मैं आपको शिकायत का कोई मौका नहीं दूँगी। आप बस अपनी पढ़ाई पर ध्यान दीजिएगा, क्योंकि इससे आपका भाग्य बनेगा और आपके भाग्य में ही तो मेरा भाग्य है।

[नरसिंह नारायण कुछ कहता नहीं और बिस्तर पर जाकर सो जाता है। विमला अपने पति के पैर छूकर, देवी दुर्गा की मूर्ति को प्रणाम कर अपनी माँ, भाई, परिवार और अपने पति की सलामती की दुआ माँगते हुये सो जाती है। कमरे की रोशनी बुझ जाती है।]

(परदा गिरता है।)

स्थान : विमला की ससुराल का आँगन
समय : प्रातः काल

[*विमला घर के आँगन में लगी तुलसी की आराधना कर रामचरित मानस के सुंदर कांड का पाठ कर रही है। वह माँ दुर्गा, भगवान हनुमान और श्रीराम जी से प्रार्थना करती है।*]

विमला : हे देवी मईया! हे बजरंगबली! हे श्रीराम जी! मुझे फटी हुई साड़ी में रखना, लेकिन मेरा सुहाग हमेशा बनाये रखना! मेरी माँग का सिंदूर हमेशा यूँ ही सजाये रखना, भले बदले में मुझे कितना भी कष्ट देना!

[*विमला अपनी प्रार्थना में मगन है कि तभी उसका ध्यान उसकी सास ललिता देवी और ससुर गिरधर मुरारी नारायण के बीच के झगड़े से टूटता है, जो सुबह-सुबह ही शराब पीकर एक-दूसरे से लड़ रहे हैं।*]

गिरधर मुरारी नारायण : भागवान, मुझे कुछ खाने के लिये दो, भूख लगी है।

ललिता देवी : ऐतनी टेम, मैं तुम्हारी नौकर नहीं हूँ। आखिर मैं मालकिन जो हूँ। अपने मायके से मैं यहाँ क्या-क्या नहीं लाई, यहाँ था ही क्या? भिखमंगे थे तुम। इसलिये मुझसे तो उम्मीद छोड़ ही दो, ऐतनी टेम। बड़ा चले थे बेटा ब्याहने, लो बहू आ गई, जाओ उसी से माँगो।

बिंदिया : अरे माई! भौजी का तो आज यहाँ पहला दिन है। वो कैसे कुछ पकायेगी?

ललिता देवी : मेरी प्यारी बिटिया! तो जा तू ही कुछ बना दे, ऐतनी टेम।

बिंदिया : न बाबा न, मैं काहे बनाऊँ?

ललिता देवी : तो अपना थोबड़ा बंद रख, ऐतनी टेम। मैं विमला की रसोई छूने की रस्म आज ही कर देती हूँ। फिर वो करे। आखिर बैठे-बैठे यहाँ क्या करेगी ऐतनी टेम?

[*विमला ये सब सुनती है और कहती है।*]

विमला : माँ जी, आप परेशान न होइये। मैं सब कुछ बना लूँगी।

[यह कहकर विमला रसोई में जाती है और सिल–बट्टे पर हल्दी कूटने की रस्म कर भोजन बनाने में जल्दी से जुट जाती है। ललिता देवी रसोई से बाहर निकल जाती है। विमला और तेजी से हर चीज बनाने में जुट जाती है, क्योंकि वैसे भी आज उसके पति नरसिंह नारायण को इलाहाबाद जो निकलना है। वह अपने ससुर को भोजन परोसकर बिंदिया के हाथों भिजवाकर तेजी से अपने पति नरसिंह नारायण के लिये खाने की थाल लिये हुये अपने कमरे में प्रवेश करती है।]

नरसिंह नारायण : थाली वहाँ रख दो। मैं खा लूँगा। हाँ, वैसे इलाहाबाद से तुम्हारे लिये कुछ लाना तो नहीं है?

विमला : आप तो 5 साल बाद........ ?

नरसिंह नारायण : अरे, जब कभी भी आऊँगा, तब के लिये कह रहा हूँ।

विमला : नहीं जी, मुझे किसी भी चीज की ज़रूरत नहीं है। आप बस अपनी पढ़ाई पर ध्यान लगाना। यहाँ तो सभी कुछ है, आप बिल्कुल भी परेशान न होइये। आप बस शहर में मन लगाकर पढ़िएगा। आप.......

[विमला की बात काटते हुये नरसिंह नारायण उससे कुछ कहने ही वाला होता है कि ललिता देवी कमरे में प्रवेश करती है।]

ललिता देवी : बेटा देख, ऐतनी टेम, मैंने तेरे लिये तेरी पसंद का खाना विमला से जल्दी से बनवाया है। और विमला तू भी जा, देख और भी कितने काम पड़े हैं। आँगन की लिपाई भी कर दे, शुभ होता है न। और बेटा, तू भी खाना खाके जल्दी निकल, नहीं तो तुझे देर हो जायेगी। अपने नौकर हिरिया और जिरिया तुझे बस इस्टॉप तक पहुँचाने के लिये कब से तैयार बैठे हैं, ऐतनी टेम?

[नरसिंह नारायण इलाहाबाद निकलने के लिये घर से बाहर जाने लगता है। दरवाजे से विमला अपने पति को दूर जाते हुये देखती रहती है।]

(परदा गिरता है।)

(कुछ महीनों बादः)

स्थान : कमरे के अंदर का दृश्य
समय : रात

[*गिरधर मुरारी नारायण और ललिता देवी के बीच शराब को लेकर हाथापाई हो रही है, इसी बीच ललिता देवी का दूसरा बेटा भीम नारायण उन लोगों से छुप कर शराब चुराकर खुद भी पीने लगता है।*]

गिरधर मुरारी नारायण : (गीत गुनगुनाते हुये) मोरी रानी हो, ले चल नदिया के पार......

ललिता देवी : (गीत गुनगुनाते हुये) मोरे राजा हो, ले चल नदिया के पार.....

गिरधर मुरारी नारायण : कैसा जादू तूने डाला....?

ललिता देवी : कैसा जादू तूने डाला?...हाँ, हाँ, हाँ।

गिरधर मुरारी नारायण : ललिता देवी! अब तो तुम रानी बन गई हो और तुम्हारी बहू विमला, नौकरानी.....हाँ.....हाँ....हाँ।

ललिता देवी : इस मुकाम को पाने के लिये मैंने काफी इंतजार और मेहनत की है, ऐतनी टेम।

[*किनारी की धोती (पापलिन की सफेद साड़ी, हल्दी में रंगी हुई) पहन विमला खामोश होकर ये बातें सुनकर और देखकर मायूस हो जाती है। और उसके दिमाग में उसके दद्दाजी द्वारा कहे शब्द, "विमला, तू बहुत भाग्यवान है," तीर की तरह चुभने लगते हैं। कुछ देर बाद, वह रसोई में जाकर अपने ससुर को खाना परोसती है, लेकिन खाना परोसते समय शराब में डूबे अपने ससुर की गंदी नज़र को भाँपकर विमला सहम जाती है और तुरंत वहां से जाने लगती है, जिस पर गिरधर मुरारी नारायण कहता है*]

गिरधर मुरारी नारायण : इतनी दुःखी क्यों हो? तुम चाहो तो इस घर की पटरानी बनकर रह सकती हो। बस...

विमला : ये आप क्या कह रहे हैं बाबूजी? आगे से ऐसा कभी सपने में भी मत सोचिएगा, वरना ये सारी बातें मैं माँ जी और दादाजी से कह दूँगी। मैं आपकी बेटी समान हूँ और आप?

[यह कहते हुये विमला जाने ही वाली होती है कि ललिता देवी और बिंदिया आते हैं, जिस पर विमला बिंदिया से कहती है।]

विमला : बहिनी! आज से आप हमारे ही कमरे में सोइएगा।

[यह सुनकर बिंदिया खुश हो जाती है, लेकिन ललिता देवी कुछ शक की मुद्रा में आते हुये कहती है।]

ललिता देवी : ऐतनी टेम, बिंदिया तेरे कमरे में सोयेगी? क्या हुआ? बड़ी डरपोक है रे तू!

[विमला कुछ सहमते हुए और अपने ससुर को देखते हुए कहती है।]

विमला : हाँ, माँ जी, मैं बहुत ही डरपोक हूँ। अकेले में मुझे बहुत डर लगता है और अकेले में सोना न केवल मेरे, बल्कि आपके लिये भी ठीक नहीं है। वरना इस घर में मुझे पटरानी बनते देर न लगेगी।

[ललिता देवी विमला द्वारा उसके पति गिरधर मुरारी नारायण की ओर देखकर कही इस बात के साथ ही विमला की भाव–भंगिमाओं को देख सब समझ जाती है और बिंदिया को विमला के पास सोने देने के लिये सहज ही मान जाती है और कहती है।]

ललिता देवी : सुन बिंदिया! आज से तू अपनी भौजाई के पास सोयेगी, और अपने पिताजी को खाना भी तू ही परोसेगी। और तुम, गिरधर मुरारी नारायण, अच्छी तरह सुन लो, मेरे पति परमेश्वर, ऐतनी टेम, तुम्हारी रानी–पटरानी चाहे जैसी भी हूँ, बस मैं ही हूँ और हमेशा मैं ही रहूँगी, समझ गये?

[यह बात सुनकर जहाँ गिरधर मुरारी नारायण शर्म के मारे लाल–लाल हो जाता है, वहीं विमला बिंदिया को अपने कमरे में तेजी से ले जाती है और अपने कमरे का दरवाज़ा जोर से बंद कर काँपने लगती है।]

बिंदिया : भौजी, क्या हुआ? डर गईं? भौजी, तुम कितनी डरपोक हो?

विमला : हाँ बहिनी, मैं बहुत ही डरपोक हूँ। आप......आप......सो जाओ।

[बिंदिया के सो जाने के बाद विमला ढ़िबरी (शीशे की एक बोतल में भरा तेल–बाती जो लालटेन की तरह रोशनी देता है) की रोशनी में अपनी हथेली को देखती है, जो पूरी की पूरी खुर्द और काली पड़ गयी है। वह अलमारी पर देवी भागवत किताब में रखी अपनी माँ की तस्वीर को माँ दुर्गा की मूर्ति के पास रखकर देखती है और पल भर में ही उसकी आँखें आँसुओं से भीग जाती हैं।]

(परदा गिरता है।)

स्थान : *आँगन*

समय : *रात के ढ़लने और दिन के निकलने का समय*

[रात के अँधियारे के बाद सूरज की किरणों के साथ कुछ शब्द दिखायी पड़ते हैं:]

(.....7 साल बाद.....।)

(परदा गिरता है।)

स्थान : *घर का आँगन*

समय : *सायंकाल*

[आज भीम नारायण के गौने के बाद उसकी पत्नी यानी विमला की देवरानी सुमित्रा अपनी ससुराल में अपने कमरे में बैठी है, जिसे विमला बड़े प्यार से भोजन करा रही है। वहीं ललिता देवी सुमित्रा द्वारा लाये कुछ टूटे–फूटे बक्सों को देख रही है।]

ललिता देवी : भिखारी कहीं के! ऐतनी टेम, बक्से वो भी टूटे और खाली। न कपड़े, न कुछ सामान, कंगाल। खुद जेवर भी नहीं पहनी है, दरिद्दर कहीं की।

[औरतों का समूह सुमित्रा की मुँह–दिखाई की रस्म के लिये जमा है। बिंदिया सुमित्रा को देखकर खुश नहीं होती और अपनी माँ ललिता देवी से कहती है।]

बिंदिया : अरे माई! सुमित्रा भौजी को किसी को न दिखाना, बेइज्जती हो जायेगी। न कपड़े पहनने का सलीका है, न बैठने का। बड़ी सी नथुनी पहनी है, एकदम देहाती गँवार औरत है।

[यह सुनकर ललिता देवी औरतों के समूह को टरकाने के लिये सुमित्रा की तबियत ठीक न होने का बहाना बनाती है, लेकिन औरतें दबाव डालकर सुमित्रा को देखती हैं और उसके ऊपर खूब हँसती हैं। सबके जाने के बाद ललिता देवी सुमित्रा को मुँह-दिखाई की रस्म के मिले रुपयों और कुछ छोटे जेवरों को लेकर चली जाती है। सुमित्रा रोने लगती है। विमला उसे ढ़ांढ़स बँधाती है।]

(परदा गिरता है।)

स्थान : कमरे के अंदर का दृश्य
समय : रात

[नरसिंह नारायण अपने कमरे में प्रवेश करता है।]

नरसिंह नारायण : विमला! तुमने सच में अपने वचन का पूरा पालन किया है।

विमला : ये क्या कह रहे हैं जी, ये तो मेरा कर्त्तव्य है। हाँ, लेकिन दुःख की बात ये है कि बाबूजी, माँ जी और यहाँ तक कि भीम बाबू भी शराब पीते हैं, जो मुझे बिल्कुल भी पसंद नहीं है। आप ही बताइये, क्या ये सब ठीक है?

नरसिंह नारायण : अपने आप को ठीक रखो, किसी और की जिंदगी में क्या पड़ना? तुम बस अपने काम से मतलब रखो। अच्छा, अभी मैं यहाँ 2 महीनों के लिये हूँ, मैं कोशिश करूँगा उन्हें समझाने की, लेकिन मुझे नहीं लगता कि वे लोग बदलेंगे।

[यह सुनकर विमला कुछ भी नहीं कहती और अपने कमरे से बाहर जाकर रोजाना की तरह अपनी सास ललिता देवी के पैर दबाने के लिये उनके पास जाती है।]

ललिता देवी : ऐतनी टेम, अब आई हो, जाओ कोई ज़रूरत नहीं है सेवा–भाव दिखाने की। अब पति आ गया तो वैसे भी मुझे काहे पूछेगी?

विमला : ये आप क्या कह रही हैं माँ जी? अगर आप मेरे से अपनी सेवा नहीं करवायेंगी, तो फिर मेरा इस घर में रहने का क्या मतलब है? मुझे अपने मायके भिजवा दीजिए।

[यह कहकर विमला एक बार फिर ललिता देवी के पैर पकड़ती है, ललिता देवी विमला को लात मारकर गिरा देती है। लेकिन विमला फिर भी उसका पैर पकड़कर उसे दबाने लगती है। सुमित्रा यह सब देखकर खूब हँसती है और सोचती है।]

सुमित्रा : (मन ही मन में) मतलब साफ है सुमित्रा! रानी बनना है तो सास की खुशामद और जीजी को लानत। हाँ....हाँ....हाँ....

(परदा गिरता है।)

स्थान : घर का आँगन
समय : प्रातः काल

[सुमित्रा हमेशा अपनी तिकड़मबाजी से विमला को परेशान करती रहती है। इस तरह ललिता देवी और सुमित्रा विमला को हमेशा बेवकूफ बनाने पर तुली रहती हैं। इन सबके बीच विमला के मायके से उसके बुलावे के लिये उसकी माँ शारदा की बहुत सारी चिट्ठियाँ ललिता देवी चूल्हे की आग में जला देती है। ऐसी ही एक चिट्ठी हवा में उड़ते हुये आँगन तक पहुँच जाती है, जिसे विमला पढ़ती है और ललिता देवी के पास पहुँचती है।]

विमला : माँ जी! ये आपने ठीक नहीं किया। मेरी माँ मेरा चेहरा देखने के लिये तरस रही है। उसने बहुत सारी चिट्ठियाँ मुझे बुलाने के लिये लिखीं और मुझे आपने एक बार भी नहीं बताया। माँ जी! बस एक बार मुझे अपने मायके जाने दीजिए।

ललिता देवी : ऐतनी टेम, देख, मैं समझ सकती हूँ तेरा हाल। लेकिन तू आखिर वहाँ क्यों जायेगी? तेरा घर ये है, न कि वो।

विमला : माँ जी! आखिर मैं कुछ ही दिनों के लिए तो वहाँ जाना चाहती हूँ। गौने के 7 साल बीत चुके हैं, लेकिन अभी भी मैं अपनी माँ का चेहरा नहीं देख पायी हूँ। माँ जी! भगवान के लिये मुझे कुछ ही दिनों के लिए वहाँ भिजवा दीजिए।

ललिता देवी : मुझे पता है, तू यहाँ की जिम्मेदारी सँभालकर बहुत ज्यादा थक चुकी है, इसलिये वहाँ आराम फरमाने के लिये जाना चाहती है। देख, मैंने पता लगवा लिया है वहाँ का, वहाँ किसी को तेरी ज़रूरत नहीं है। ऐतनी टेम, सब वहाँ मजे से हैं। अगर फिर भी तू वहाँ जाना चाहती है तो जा, लेकिन फिर यहाँ आने की बिल्कुल भी ज़रूरत नहीं है तुझे। आखिर यहाँ का फर्ज कौन निभायेगा, तेरी माँ?

विमला : माँ जी! आप मुझे गालियाँ दे दीजिए। लेकिन मेरी माँ के बारे में कुछ ना कहिये। उसकी कोई गलती नहीं है। उसकी कसम की खातिर और अपनी जिम्मेदारियों के कारण ही मैंने कभी आपसे कुछ नहीं कहा।

ललिता देवी : हाँ, अब तो तेरे पर निकल ही आयेंगे। आखिर तेरा पति पढ़–लिख जो गया है। वैसे भी कैंची की तरह तेरी जुबान चलती है। बड़ी आई सच्चाई की भकत। ऐतनी टेम, जा रसोई में।
[विमला बेबस और खामोश होकर रसोईघर में चली जाती है। यह सब नरसिंह नारायण और उसके दादाजी सुनते और देखते हैं।]

(परदा गिरता है।)

समय : *काफी समय बीतने के बाद एक दिन*
स्थान : *घर का आँगन*

ललिता देवी : विमला! तू एकदम अभागी है, ऐतनीटेम। पहली संतान, मेरा पोता, जनी सो तो ठीक, लेकिन 3 दिनों में ही खुद खा गयी। ऐतनी टेम, हाय मैं लुट गयी।

नरसिंह नारायण के दादाजी : नौटंकी बहू! वो तेरा ही नहीं, विमला का भी बेटा था।

ललिता देवी : (मन में) बुढ़ऊ.....खूसट.....

***स्थान** : घर का आँगन*
***समय** : कुछ दिन बाद एक दिन*

ललिता देवी : सुमित्रा! तू बड़ी भाग्यवान है जो तेरी पहली संतान, मेरी पोती मुई, मरी हुई जनी। मुझे पक्का पता है, तेरी अगली संतान मेरा पोता ही होगा!

(कुछ सालों बाद:)

[पहली संतान (पुत्र) की मृत्यु के बाद अब विमला की 3 संतानें लड़के हैं, जबकि सुमित्रा की पहली संतान (पुत्री) की मृत्यु के बाद उसकी 3 संतानें अभी भी लड़कियाँ हैं। विमला अपनी नसबंदी के लिये अस्पताल जाना चाहती है। वो इसकी इजाजत लेने अपनी सास ललिता देवी के पास पहुँचती है और उनसे अपनी नसबंदी करवाने के लिए कहती है, जिस पर ललिता देवी गुस्साते हुये कहती है।]

ललिता देवी : हाय....बुरझौंसी! नाक कटवाएगी क्या, ऐतनी टेम? बेटा हो रहा है तो बर्दाश्त नहीं, जितना हो, पालना पड़ेगा। हमारे वहाँ अस्पताल जाके हत्या दोष का पाप नहीं लेना है, जितनी संतानें आनी होंगी आयेंगी, रोकना नहीं है, समझी?

(कुछ दिनों बाद:)

(विमला और सुमित्रा फिर गर्भवती हैं:)

ललिता देवी : सुमित्रा! देख अगली बार मुझे विमला की तरह बेटा चाहिये, समझ गई ना?

सुमित्रा : माई जी! मैं पूरी कोशिश करूँगी। मैं खुद इन कलमुईयों से परेशान हो गई हूँ।
[आँगन में पूजा करते हुये विमला ये सब सुनती है और दुर्गा माँ से प्रार्थना करती है।]

विमला : हे देवी मइया! मेरी अगली संतान लड़की ही देना, और सुमित्रा को इस बार बेटा ही दे दो माँ, वरना माँ जी और उसके पति उसका जीना दुश्वार कर देंगे। और वो खुद भी टूट जायेगी!

(परदा गिरता है।)

(कुछ सालों बाद:)

स्थान : घर का आँगन
समय : सायंकाल

[वकालत की डिग्री हासिल कर नरसिंह नारायण अपने गाँव भगवानपुर आ जाता है, जहाँ से बमुश्किल 1.5 किमी. दूर महराजगंज कस्बा अब गोरखपुर जनपद की एक तहसील बन चुका है। ललिता देवी के कारण नरसिंह नारायण यहीं वकालत करना चाहता है, जबकि विमला नरसिंह को इलाहाबाद या गोरखपुर में वकालत करने का सुझाव देती है, जिस पर नरसिंह नारायण गुस्सा हो जाता है और कहता है।]

नरसिंह नारायण : विमला! तुम आठवीं पास हो, एक तरह से अनपढ़ और गँवार। घर में अपना काम करो और कोरो (खपरैल के मकान में लकड़ी का बना ढाँचा) गिनो। मेरे मामले में बोलने की ज़रूरत नहीं है। यहाँ मैं ज्यादा कमा सकता हूँ और फिर माई भी तो यही चाहती है।

विमला : वह केवल आपसे पूरे होने वाले स्वार्थ के लिये यहाँ काम करने को कह रही हैं। आपके बेहतर भविष्य के बारे में नहीं सोच रहीं। फिर आप इलाहाबाद या गोरखपुर से भी अपने घर की पूरी मदद कर सकते हैं। अब बच्चे भी बड़े हो रहे हैं, उनके भविष्य के बारे में भी तो सोचना है। फिर यहाँ पर भीम बाबू भी तो हैं, जो कुछ नहीं करते, केवल शराब के चक्कर में रहते हैं। वो भी तो यहाँ सब कुछ सँभाल सकते हैं। आपको इतनी पढ़ाई–लिखाई करके अपना और अपने खानदान का नाम रोशन करने की कोशिश करनी चाहिये। सबकी जिम्मेदारी अपने कंधों पर ही लेकर इस परिवार के भविष्य को मत बिगाड़िये, हर एक को जिम्मेदारी मिलेगी, तो उसके लिये भी ठीक होगा।

[पास ही में नरसिंह नारायण के दादाजी भी ये सारी बातें सुनते हैं और कहते हैं।]

नरसिंह नारायण के दादाजी : बेटा नरसिंह! विमला बहू निरक्षर नहीं, तुमसे ज़्यादा अकलदार है। वो सही कह रही है। तेरी माँ, तेरा बाप और तेरा भाई तीनों पियक्कड़ हैं। तू अगर अपने भाई के ऊपर जिम्मेदारी नहीं डालेगा, तो वो भी कुछ नहीं करेगा। बेटा, ऐसी पढ़ाई से क्या फायदा, जिससे कुल का नाम ही रोशन न हो? वैसे भी यहाँ सँभालने के लिये मैं, तेरा बाप और तेरा भाई इतने सारे लोग तो हैं, फिर तेरी यहाँ क्या ज़रूरत? अगर घर की जिम्मेदारी की बात है, तो तू बड़े शहर में रहकर भी यहाँ की भरपूर मदद कर सकता है।

नरसिंह नारायण : नहीं दादाजी, जब यहीं कचहरी है, तो मैं बाहर क्यों जाऊँ? मैं यहाँ अधिक कमा सकता हूँ। शहर का जीवन इतना आसान नहीं है। फिर माई भी तो यही चाहती है। मैं अब बाहर नहीं जाना चाहता।

नरसिंह नारायण के दादाजी : आखिर तुम बाहर क्यों नहीं जाना चाह रहे?

नरसिंह नारायण : मुझे माई, बापू, भाई, सुमित्रा सबकी जिम्मेदारी निभानी है। फिर सभी बच्चों से भी मुझे बहुत लगाव है।

नरसिंह नारायण के दादाजी : सबसे तो तुझे लगाव है, ये अच्छी बात है, लेकिन विमला के प्रति मुझे आज तक तेरे में कोई लगाव नहीं दिखा।
[इस बात पर नरसिंह नारायण खामोश हो जाता है, जिस पर विमला कहती है।]

विमला : दादाजी! ये मुझे अनपढ़–गँवार समझें, मुझसे कोई लगाव न रखें लेकिन एक पत्नी के फर्ज के नाते मेरे लिये ये ही सब कुछ हैं। अगर ये यहीं खुश हैं, तो ये भी मुझे मंजूर है। हम यहाँ भी इस परिवार का नाम रोशन करने की पूरी कोशिश करेंगे दादाजी, फिर अगर किस्मत में यही लिखा है, तो ये भी ठीक ही होगा, आप नाराज मत होइये, आप बस अपना आशीर्वाद दीजिए।

नरसिंह नारायण के दादाजी : देखा, इसे कहते हैं, औरत! लेकिन बेटा, तू इतनी पढ़ाई–लिखाई के बाद भी कुछ नहीं समझा। जीती रह बहू! तू वाकई में इस घर की लक्ष्मी है। और नरसिंह, बहुत बड़ी गलती कर रहा है तू। सबसे पहले अपनी औरत की इज्जत करना सीख, फिर किसी की जिम्मेदारी की बात करना। असल में

तू डरपोक है, लेकिन बहू के अंदर सच्चाई, साहस और धैर्य का गहरा समंदर छुपा है, हो सके तो उससे कुछ सीख।

[यह कहते हुए नरसिंह नारायण के दादाजी चले जाते हैं। नरसिंह खामोश होकर निकल जाता है। विमला दीये की थाल लिये पूजाघर की ओर बढ़ती है।]

(परदा गिरता है।)

(कुछ दिनों के बाद:)

[बिंदिया के गौने के समय ललिता देवी विमला और सुमित्रा से उनके पास रखे और जेवरों को देने के लिये कहती है। विमला अपने कुछ बचे जेवरों को भी खुशी–खुशी बिंदिया को दे देती है, लेकिन सुमित्रा नहीं देती, जिस पर ललिता देवी जबरदस्ती से उसकी पोटली में रखा एक सोने का बाला बिंदिया को दे देती है। उधर बिंदिया की बिदाई के समय बिंदिया सबसे गले लगती है। सबसे गले मिलने के बाद वो विमला के भी गले लगती है और कहती है।]

बिंदिया : भौजी! तुमने तो माई से ज्यादा मेरे लिये किया, जबकि मैं कभी भी तुम्हारा साथ नहीं दे पायी।

विमला : ऐसी कोई बात नहीं है बहिनी, आप अपने घर में सदा सुखी रहिये। मैंने और आपके भैया ने जो किया, वो हमारा फर्ज है। आपको बेटी के समान माना है, तो हम क्यों नहीं करते?
[बिंदिया विदा हो जाती है और विमला भावुक होकर रोने लगती है, जिस पर ललिता देवी कहती है।]

ललिता देवी : ऐसा लग रहा है कि तुमरी बिटिया है! अरे, मैं तो खुश हूँ कि वो गयी। और ऐतनी टेम, तू भी बंद कर ये नौटंकी और जा काम–धाम कर।
[विमला अपनी सास ललिता देवी को आश्चर्य से देखकर बिना कुछ कहे चली जाती है।]

(परदा गिरता है।)

(कुछ दिनों बाद:)

स्थान : आँगन में पूजाघर

[पूजा करते हुए अपनी माँ की सलामती की दुआ करते हुए अचानक विमला का जलाया हुआ दीया नीचे गिर जाता है। विमला परेशान हो उठती है। अपने घर जाने के लिए वह एक बार फिर ललिता देवी से इजाजत माँगती है, जिसके मना करने के बाद वहीं पास खड़े नरसिंह नारायण के दादाजी गुस्से से आगबबूला हो उठते हैं।]

नरसिंह नारायण के दादाजी : नौटंकी बहू! तेरा दिमाग खराब हो गया है। और विमला इस घर की गुलाम नहीं है जो तूने 10 सालों तक अपने स्वार्थ में उसको एक दिन के लिए भी उसके मायके नहीं भेजा। विमला! तू तैयार हो जा। मैं कहता हूँ, तुझे कोई नहीं रोकेगा। हिरिया और जिरिया तुझे तेरे मायके ले जायेंगे।

[विमला सुबक-सुबक के रोते हुए नरसिंह नारायण के दादाजी के चरणों पर गिर पड़ती है।]

नरसिंह नारायण के दादाजी : विमला बेटी! उठ जा। तू कोई चिंता न कर। सब अच्छा ही होगा!

[विमला खुशी-खुशी अपने मायके के लिए निकल पड़ती है।]

(परदा गिरता है।)

स्थान : गोरखपुर के देवीपुर गाँव में विमला के मायके का आँगन
समय : सायंकाल

[विमला के मायके वाले विमला को घर के आँगन में देखकर आश्चर्य से भर उठते हैं। वे सभी विमला से बड़े प्यार से मिलते हैं। विमला की चाची सरिता कहती है।]

सरिता : विमला, तू, 10 सालों बाद! इन 10 सालों में तेरी बढ़ाई और अपने घर के लिए तेरी की हुई तपस्या ने हमारा सिर गर्व से ऊँचा कर दिया। कितना दमक रही है रे तू! अरे मालकिन जो हो गयी है, है न? लेकिन ये बड़े आश्चर्य की बात है कि तुझे कैसे पता चला कि तेरी माँ बहुत बीमार है?

[विमला कुछ बोलती, इससे पहले ही उसकी भाभी आ जाती है।]

विमला की भाभी : चाचीजी! हमने बुलवाया है बहिनी को, है ना बहिनी?
[विमला कुछ नहीं कहती और सीधी अपनी माँ के कमरे में दौड़ पड़ती है। माँ को बिस्तर पर देख विमला शारदा से लिपटकर जोर–जोर से रोने लगती है।]

शारदा : विमला! मेरी बच्ची! मैं बहुत भाग्यवान हूँ कि मुझे तेरी माँ होने का गौरव मिला। तुझे पता है, आज पूरे परिवार में तेरे कारण मेरी बड़ी इज्जत है रे। मैं जानती थी, तू जरूर आयेगी। आखिर तूने वायदा जो किया था। मेरे आखिरी समय में मेरी देख–भाल करने आ, सो तू आ गयी, मेरी बिटिया!

विमला : ये क्या कह रही हो माँ, तुझे कुछ नहीं होगा। मैं आ गयी हूँ न, अब तुझे अपनी सेवा से मैं बिल्कुल ठीक कर दूँगी।

शारदा : विमला! तू खुद से आयी है न?

विमला : नहीं माँ, भाभी ने संदेशा भिजवाया था।

शारदा : पगली, मुझसे झूठ बोलती है। तेरे गौने के वक्त तो तेरी भाभी अपने मायके में थी। वो बुलायेगी तुझे? तुझे मेरे मन की आवाज़ ने बुलाया है। विमला, तू कुछ कहे न कहे, मैं तेरी हर खुशी, तेरा हर आँसू पढ़ सकती हूँ। अभी भी इतनी अंधी नहीं हुई हूँ मैं, समझी?
[विमला अपनी माँ के गले लगकर फूट–फूट कर रोने लगती है। इसी बीच विमला की भाभी आती है।]

शारदा : बहू! तुम्हें जो मैंने सारे गहने दिये हैं, उनमें से कुछ तुम मुझे दे दो, इनमें से कुछ मैं विमला को भी देना चाहती हूँ।

विमला : नहीं भाभी, माँ वैसे ही कह रही है। माँ, मुझे बस तेरा आशीर्वाद चाहिए। और ये सब क्या लगा रखा है, गहने–जेवर। मैं तुझे बिल्कुल ठीक कर दूँगी। ये सब तू छोड़ माँ। माँ, तू अपने नातियों से नहीं मिलेगी?

शारदा : अरे हाँ! ओ हो! मेरे प्यारे बच्चे! ला, इनके पैरों की धूल मैं अपने आँचल से पोंछ दूँ।

[शारदा विमला और उसके बच्चों को देखकर खुशी से भर उठती है।]

(परदा गिरता है।)

(कुछ दिनों बादः)

स्थान : कमरे के अंदर का दृश्य
समय : रात

शारदा : विमला! तूने अपना वादा निभा दिया, मेरी बात की लाज रख 10 सालों तक जैसे भी रही, लेकिन यहाँ किसी को तेरे दुःख के बारे में पता तक नहीं चल पाया, केवल अच्छी बातें ही पता चलती रहीं और देख, मेरे आखिरी समय में भी मेरी सेवा करके फिर से तूने मेरे विश्वास और अपने वचन की लाज रखी।

विमला : माँ! ये सब तू क्या कह रही है? तू अब बिल्कुल ठीक है, माँ।

शारदा : हाँ रे, अब मैं बिल्कुल ठीक हूँ, खुश हूँ। और शांति के साथ इस दुनिया से जा सकती हूँ। विमला देख! बैल पर बैठा मुझे कोई लेने आया है! मुझे जाना ही होगा मेरी बच्ची! लेकिन तू हमेशा सच का ही साथ देना विमला, कभी भी अन्याय मत सहना, ना होने देना, मेरी बच्ची.......हे महादेव......।

[एक मुस्कान भरे चेहरे के साथ शारदा विमला की गोद में दम तोड़ गयी और विमला को बिल्कुल खामोश कर गयी। शारदा के अंतिम शब्द विमला के मन–मस्तिष्क में रह–रह कर बार–बार घंटियों के समान गूँज रहे हैं।]

(परदा गिरता है।)

स्थान : महाराजगंज के भगवानपुर गाँव में विमला की ससुराल के घर का आँगन
समय : सायंकाल

[शारदा के सारे अंतिम संस्कार संपन्न हो जाने के बाद विमला अपने पति के घर आ चुकी है। लेकिन अब उसका पूरा प्रतिरूप बदल चुका है। उसकी माँ के द्वारा कहे गए अंतिम शब्द अब भी उसके दिमाग में गूँज रहे हैं।]

(परदा गिरता है।)

(कुछ सालों बादः)

[विमला अब एक और बेटी–बेटे को जन्म दे चुकी है। और फिर कोई बच्चा न हो, इसलिये वह अपनी नसबंदी करवाना चाहती है। इसलिए वह अपनी सास ललिता देवी के पास जाती है और कहती है।]

विमला : माँ जी! आगे मैं अब कोई बच्चा नहीं चाहती, इसलिये मैं अपना ऑपरेशन करवाना चाहती हूँ।

ललिता देवी : ऐतनी टेम, फिर वही बात। अरे, हम किसी शाही परिवार से कम थोड़े ही हैं, जितने भी होंगे सब पल जाएँगे। तुझे चिंता करने की ज़रूरत नाहीं है। फिर तेरा पति तो अब खूब कमाता है, इसलिये फिकर किस बात की है, ऐतनी टेम? जो भी और नाती आने वाले हैं, उन्हें आने दे, समझी?

विमला : माँ जी! मैं कोई मशीन नहीं हूँ। ज्यादा बच्चों की वजह से ही लगता है, मैं काफी बीमार और कमजोर रहने लगी हूँ। मैं......

नरसिंह नारायण : जैसा माई कहती है, वैसा करो, फिर कमा मैं रहा हूँ, तुम नहीं।

(परदा गिरता है।)

स्थान : *कमरे के अंदर का दृश्य*

समय : *रात*

[बहुत सारी शारीरिक परेशानियों के बावजूद विमला घर के सारे काम करती है, जबकि सुमित्रा अपनी बच्चियों और बच्चों में ही मगन रहती है, और काम न करने का कुछ न कुछ बहाना बनाती रहती है। हारकर बीमार विमला अपने पति नरसिंह से कहती है।]

विमला : *आप यहाँ की हर चीज सँभाल रहे हो, सबका खर्चा भी आप उठा रहे हो, साथ ही सबकी जिम्मेदारी भी आप ही निभा रहे हो, और मैं यहाँ घर का सारा कामकाज सँभालती हूँ। लेकिन फिर भी बच्चों को कोई न कोई कमी लगी रहती है।* वहीं मेरी बीमारी की भी आपको जरा भी परवाह नहीं है। मेरा तो नसीब ही फूटा है। हर काम करने पर भी सुमित्रा का व्यवहार भी मेरे प्रति बिल्कुल बेरुखा है, और माँ जी और बाबू जी वे लोग तो हमेशा शराब में ही डूबे रहते हैं। आखिर मेरे बर्दाश्त, मेरे आत्म–सम्मान की भी कोई हद है कि नहीं?

नरसिंह नारायण : तुम बस अपना काम करो, एक न एक दिन मैं कुछ करूँगा।.....मैं......

विमला : हर बार आप यही कहते हो, लेकिन अब मेरी सहनशक्ति जवाब दे रही है। मैं अपना अपमान और तिरस्कार अब नहीं सहूँगी, आपका भी नहीं।

नरसिंह नारायण : मैं कोशिश कर तो रहा हूँ। वैसे भी तुम अनपढ़ जो हो, इसलिये तुम्हें कुछ समझ तो आयेगा नहीं। तुम्हारा ये आत्म–सम्मान, न्याय, धर्म–कर्म, आत्मिक शांति, सच्चाई की प्रतिमूर्ति इन सब बातों से मुझे चिढ़ है। और वैसे भी तुम ये सच्चाई आज जान ही लो तो ठीक है कि मैं तुमसे कहीं अधिक अपने बच्चों को प्यार करता हूँ। इसलिये मैं जो कर रहा हूँ, वहीं करूँगा। तुम लाख चिल्लाओ। मुझे कोई फर्क नहीं पड़ने वाला। और मैं किसी से कुछ नहीं कहने वाला। जैसे रहना हो, रहो.....मैं.....

विमला : फिर आप भी सुन लो, आज के बाद मैं अपना दुःख–दर्द आपसे फिर कभी नहीं कहूँगी.....कभी नहीं......

(परदा गिरता है।)

(कुछ दिनों बाद:)

स्थान : *घर का आँगन*
समय : *प्रातः काल*

ललिता देवी : हाय भगवान! ऐतनी टेम, मैं लुट गयी......बरबाद हो गयी......
मेरा सब कुछ बुढ़वे......खूसट ने दे दिया उन बुरझौंसी–कलमुईयों विमला और
सुमित्रा को......ऐतनी टेम, नौटंकी बहू का ताना सहने के बाद भी इस बुढ़वे......
खूसट ने मुझे कंगाल कर दिया.....अपना सारा खेत इन दोनों नासपीटियों के नाम
कर दिया, मेरे पति, यहाँ तक कि मेरे बेटों के नाम भी कुछ नहीं लिखा......ये सब
इस बुरझौंसी विमला का ही किया धरा है, हमेशा बुढ़वे की खुशामद में लगी रहती
थी......ऐतनी टेम, इसको तो अब मैं देख लूँगी।

नरसिंह नारायण : अरे माई! काहे चिंता करती हो? मैंने तेरे नाम बहुत बड़ी
ज़मीन पहले ही लिखवा ली है।

ललिता देवी : ऐतनी टेम, तू चुप रह, बुढ़वे के दिये खेत (ज़मीन) का ही घमण्ड
है कि सुमित्रा अपने नाम ज़मीन होते ही मेरे से अलग हो गयी। ऐतनी टेम, वैसे अब
तो सब मेरे से इतरायेंगी ही.....तेरे लिखवाये ज़मीन से बुढ़ऊ का ज़मीन बहुत
ज्यादा है बचवा......तू पढ़–लिख कर भी मूरख का मूरख ही रहा। ऐतनी टेम, अब ये
सब हमें अपनी उँगलियों पर नचायेंगी।

नरसिंह नारायण : सुमित्रा ने चाहे जो किया हो, लेकिन विमला ऐसा कुछ नहीं
करेगी माई, इसलिये परेशान न हो।

ललिता देवी : अरे काहे न परेशान होऊँ, ऐतनी टेम? यह सब तेरी विमला का
ही किया धरा है, जिसकी वजह से उस गँवारन, भिखारन सुमित्रा को भी भीम
नारायण अब पटरानी की तरह रखेगा, ऐतनी टेम.....ये सब तेरी बीबी का ही किया
धरा है। वो तो बस अपना दिन ले रही थी, वो सेवा करती रही, मेरा लात सहकर भी

पड़ी रही ताकि तेरी पढ़ाई हो सके, तू कमाऊ बन जाये और फिर एक दिन बुढ़ऊ इसको अपनी जागीर दे दे। लेकिन, मैं भी ललिता देवी हूँ, ऐतनी टेम। उसको कौआहकनी न बनाया ऐतनी टेम, तो मेरा भी नाम ललिता देवी नहीं।

विमला : माँ जी! ये आप क्या कह रहीं हैं ?......मैं नहीं बोल रही हूँ, तो मुझ पर एक के बाद एक लांछन लगाये जा रही हैं। देवी मईया जानती हैं माँ जी, ऐसा मैंने कभी सपने में भी नहीं सोचा और आप यह सब करने की बात कह रही हैं।

ललिता देवी : चुप कुलक्षणी, ऐतनी टेम, अब तू मेरा सामना करेगी, मुझे जवाब देगी, जा तेरे को भी मैं अलग करती हूँ, अपनी जमीन पर इतरा रही है न? अभी भी मेरे पास बहुत कुछ है। तू अब से अपने बच्चों के साथ अलग रहेगी और मेरा बेटा नरसिंह मेरे साथ रहेगा। ऐतनी टेम, आज से मैं तुझे अलग करती हूँ।

नरसिंह नारायण के दादाजी : नौटंकी बहू.......विनाश काले विपरीत बुद्धि... ...तेरा पति पीकर मुझे मारता था.....तू मुझे गालियाँ देती थी......सुमित्रा ने कभी मेरी सेवा नहीं की, मेरे लिये कुछ नहीं किया, फिर भी उसकी बच्चियों के बारे में सोचकर मैंने अपनी सारी ज़मीन में से उसे भी दिया। फिर विमला की निःस्वार्थ सेवा और उसके इस घर में अपमान के कारण ही मैंने ज़मीन उसके नाम की ताकि उसका पति तक उसका तिरस्कार न कर सके। इसमें विमला का कोई दोष नहीं... . मैं अंधा नहीं हूँ। इस घर में विमला हीरा है......वो इस घर की लक्ष्मी है, जिसकी कद्र जब उसके पढ़े–लिखे मूरख पति तक ने नहीं की, तो मुझे ये कदम उठाना पड़ा। और दूसरी ये बात भी तू जान ले नौटंकी बहू कि अगर तू विमला को अलग करेगी तो तेरा बेटा नरसिंह भी तुझसे अलग हो जायेगा, इसलिये ठीक से सोच ले।

ललिता देवी : ऐतनी टेम, चुप रह बुढ़वे......मैं अकेले ही रह लूँगी......लेकिन विमला के साथ हरगिज नहीं रहूँगी.......वैसे भी अपने मायके से खजाना भर–भर के यहाँ लाई हूँ, वरना यहाँ था ही क्या? इसीलिये तो मेरा मरद तक मेरी गुलामी करता है। अभी भी इतना कुछ है मेरे पास कि उस बुरझौंसी विमला और उस कलमुई सुमित्रा के पास कभी भी नहीं होगा। वैसे भी घर तो मैं ही सँभालती थी। देखती हूँ बिना किसी चीज के विमला अपना घर कैसे चलाती है? खूसट बुढ़वे.....ऐतनी टेम, तुझे तो नरक भी नसीब नहीं होगा। और तुम गिरधर मुरारी नारायण, मेरे पति परमेश्वर, देख क्या

रहे हो, एक कोठरी (छोटा कमरा) बुरझौंसी विमला को दे दो...सुमित्रा तो अपना पहले ही ले चुकी है......मैं भी देखती हूँ, ऐतनी टेम, यहाँ किसकी दाल गलती है?
[*विमला रोती है और अपने पति नरसिंह नारायण से कहती है।*]

विमला : चलिए जी, हम यहाँ नहीं रहेंगे, कहीं और रह लेंगे। अभी माँ और बाबू जी नाराज हैं, बाद में वे लोग भी मान जाएँगे। ज़मीन मेरे नाम से है तो क्या? है तो माँ जी और बाबूजी की ही। यहाँ का सब कुछ भीम बाबू सँभाल लेंगे।

नरसिंह नारायण : हम्म.....सँभाल लेंगे.....?

विमला : भीम बाबू अब नहीं सँभालेंगे तो आखिर कब सँभालेंगे? आप उनको अपनी जिम्मेदारियाँ स्वयं ही उठाने क्यों नहीं देते? उनके भविष्य के लिये भी यही ठीक रहेगा.....फिर बाद में हम सभी मिल–जुलकर खुशी से एक साथ रहेंगे।

नरसिंह नारायण : हाँ, तुम तो कहोगी ही, मालकिन जो बन गई हो........हमेशा ही आगे बढ़ना चाहती थी...............लेकिन मैं कहीं भी नहीं जाऊँगा। अब रहो एक अँधेरी कोठरी में और भुगतो अपनी करनी की सजा।

विमला : करनी की सजा? मैंने क्या किया है जी?
[*ललिता देवी, गिरधर मुरारी नारायण और अपने पति द्वारा बार–बार ताने दिये जाने के बावजूद विमला कुछ नहीं कहती और दौड़कर पूजाघर में जाकर दुर्गा मईया के सामने फूट–फूट कर रोती है।*]

(*परदा गिरता है।*)

स्थान : कानपुर
समय : रात

राम : मम्मी...क्या हुआ आपको? आप रो क्यूँ रही हैं?
[*विमला चौंकती है और अतीत से पुनः अपने वर्तमान में आ जाती है।*]

विमला : रोना तो मेरा नसीब बन चुका है बेटा। दुःख यही है कि आज भी तुम्हारे पिताजी मुझे नहीं चाहते। मुझे आज तक ये बात समझ नहीं आयी कि मेरे लिये आज भी वो सबसे पहले हैं, लेकिन उनके लिये मेरा नंबर हर रिश्ते के बाद ही क्यों आता है? या फिर शायद कोई नंबर ही नहीं है! मैं उनसे बिना पूछे कभी कोई काम नहीं करती, लेकिन फिर भी वो कभी मुझे समझ नहीं पाये।

राम : मम्मी, आप मत रोइये, आप बिल्कुल भी परेशान मत होइये। एक न एक दिन वो ये बात समझेंगे!

विमला : वो कभी भी नहीं समझेंगे बेटे। उनके लिये ऊपर के 3 बेटे सबसे प्यारे हैं, नीचे के 3 तो मेरे हैं और बची हमारी बिटिया, तो वो अपने परिवार में हमेशा सुखी रहे, देवी मईया से बस यही प्रार्थना है। अपनी बिटिया करुणा को भी मैंने बहुत चाहा राम, लेकिन वो भी मुझे समझ नहीं पायी.......खैर, मेरे साथ ये कोई नई बात नहीं है........किसी भी रिश्ते में सच्चा, निःस्वार्थ प्रेम मिलना आसान नहीं है, सारी जिंदगी भी कम है। इसलिये अब तो मैं किसी से भी कोई उम्मीद नहीं करती, तुझसे भी नहीं राम।

राम : मम्मी, मुझे लगता है बीमारियों की वजह से आप ऐसा सोच रही हैं। इसके कारण ही आप अपने आप को बेसहारा और परेशान महसूस कर रही हैं। विश्वास रखिये, एक दिन सब अच्छा हो जायेगा।

विमला : बेटा, मैं कभी भी परेशान नहीं होती, इतना देख और सह चुकी हूँ कि. .....और अब तो बस अपने शरीर को लेकर ही परेशान रहती हूँ।

राम : आप उसकी भी चिंता मत करिये मम्मी, देवी मईया जिसका सबसे ज्यादा इम्तिहान लेती हैं, उसे ही सबसे ज्यादा प्यार भी करती हैं। अब आप अपने अतीत से बाहर आ जाइये मम्मी। मैं भी अब आपसे आपके अतीत के बारे में फिर कुछ नहीं पूछूँगा। अच्छा, ये सब छोड़िये मम्मी। मम्मी! आप अपना ख्याल रखिएगा, मैं भी चलूँ, कुछ खा पी लूँ, कल ऑफिस भी तो जाना है।

विमला : हाँ बेटा, ठीक है, यहाँ तो सब घर में हैं। हाँ, तेरा छोटा भाई आदेश लखनऊ में अकेला है, उसका भी ख्याल रखते रहना।

राम : ये भी भला कहने की बात है मम्मी, वह मेरा छोटा भाई है, मैं भला क्यूँ नहीं रखूँगा उसका ख्याल?

विमला : काश! तेरे ही जैसी जिम्मेदारी सब समझते।.....अच्छा चल, मोबाइल रख.....जय माता दी!

(परदा गिरता है।)

स्थान : कानपुर में एक किराये का कमरा
समय : रात

[अपनी माँ विमला की कहानी में खोये हुये राम को सोते समय अपने दादाजी, दादीजी और चाची का चेहरा बार–बार कुछ कहते हुये याद आ रहा है, जिन्होंने उसकी माँ को हमेशा ही दुःख एवं जिल्लत के अलावा कुछ नहीं दिया।]

राम (मन–मस्तिष्क में)

गिरधर मुरारी नारायण : (अपने आखिरी क्षणों में) बहू! हमने हमेशा तुम्हें दुःख के सिवा कुछ नहीं दिया, हमें माफ कर दो।

ललिता देवी : (अपने आखिरी क्षणों में) बहू! ऐतनी टेम, मुझे माफ कर दो, मैं तेरी सच्चाई समझ नहीं पाई।

सुमित्रा : (अपने आखिरी क्षणों में) जीजी! आपको मैंने जली हुई लकड़ी से जलाने की कोशिश तक की, फिर भी आप मुझे बिस्तर पर यह सब खिला–पिला रही हो। वहीं जिस पति के लिये मैंने ये सब किया, उसने मुझे मरने की हालत में पहुँचा दिया, जीजी मुझे माफ कर दो।
[मन–मस्तिष्क में गूँजते इन शब्दों के साथ राम के मन में अपनी माँ विमला के प्रति एक देवी के समान श्रद्धा अचानक ही उमड़ पड़ती है।]

राम : (सोते समय माँ दुर्गा की प्रार्थना करते हुये) हे देवी मईया, मेरी माँ का सदा ख्याल रखना! माँ! आज वाकई में मैं जान पाया कि आपको क्यों जगतजननी कहते हैं। सच है माँ, मेरी माँ के समान ही पूरी दुनिया की औरत आप ही का कोई न कोई रूप है। मैं आपके ही रूप अपनी माँ विमला को एक देवी के रूप में आज प्रणाम करता हूँ। जय माता दी!

(परदा गिरता है।)

स्थान : *कानपुर, ऑफिस के रास्ते में*
समय : *सुबह*

राम : (ख्यालों में)

अब मुझे एक तरीका मिल गया है अपनी माँ के लिये कुछ करने का, जिनके लिये कुछ न करने की वजह से ही हुये मेरे स्ट्रेस से शायद मुझे अब मुक्ति भी मिल जाये। हाँ, निश्चय ही मेरी माँ के जीवन की कहानी ही अब मुझे मेरे स्ट्रेस से मुझे बाहर निकालेगी।

[ऑफिस पहुँचते ही राम अपने कम्प्यूटर स्क्रीन पर वर्ड की एक फाइल पर सबसे पहले लिखता है.....देवी विमला.......फिर सब—टाइटल्स के साथ लिखता है.......एक साधारण भारतीय महिला की असाधारण कहानी।]

राम : (पुनः ख्यालों में)

हाँ, अब अपनी माँ की ही कहानी लिखकर मैं उनके हर अधूरे सपने को पूरा करने की एक कोशिश तो कर ही सकता हूँ। निश्चित रूप से मेरी माँ हर भारतीय महिला का एक स्वरूप हो सकती है, जिसके सपने, दर्द, आत्मस्वाभिमान, विश्वास, उम्मीद को कोई समझ नहीं पाता। शायद ये कहानी कुछ कर पाये उन महिलाओं के लिये जो अभी भी निःस्वार्थ, सच्चे प्रेम की उम्मीद की किसी भी धुँधली किरण से महरूम हैं।

[इसके साथ ही राम अपनी माँ के जीवन—यात्रा को लिखने के काम में लग जाता है, क्योंकि ऑफिस का काम तो उसने पहले ही पूरा कर लिया है, इसलिये वो इसे जल्द से जल्द पूरा करना चाहता है। इसी के साथ राम को अतीत की अपनी कुछ खास चीजें भी याद आने लगती हैं।]

राम : (अपने अतीत में)

स्थान : महाराजगंज के शिवनगर मुहल्ले में स्थित विमला के मकान का एक कमरा
समय : दोपहर

[*विमला अपने सबसे छोटे बेटे आदेश को घर पर जन्म देती है।*]

राम : भईया! हमारा सबसे छोटा सुंदर भाई आया है।

संदेश : हाँ, हम सबका प्यारा दुलरुवा भाई आया है।

राम : भईया, जैसे मैं आपका छोटा हूँ, वो भी मेरा छोटा होगा। बड़ा मजा आयेगा उसके साथ खेलने में!

(परदा गिरता है।)

(कुछ दिनों बादः)
(दोपहर का समयः)

[*राम हैंडपम्प (नल) पर अपना पेट खराब होने की वजह से बार-बार खुद ही अपनी लैट्रिन धुल रहा है। विमला कमरे से हैंडपम्प (नल) की ओर देखकर परेशान हो उठती है। राम अपनी माँ विमला को अकेले परेशान देखकर चिल्लाता है।*]

राम : अरे मम्मी! आप परेशान मत होओ, मैं खुद ही सब कर लूँगा। आप तो बस मेरे छोटे भाई का ख्याल करो।
(परदा गिरता है।)

(कुछ दिनों बादः)

स्थान : महाराजगंज, शिवनगर, विमला के मकान के आँगन में पूजाघर
समय : प्रातः काल

[*यूँ तो विमला रामचरित मानस के सभी पात्रों सहित ध्रुव जैसे बहुत से अन्य पात्रों की कहानियाँ भी अक्सर ही राम को सुनाती रहती है,*

जिसे राम बड़े ही ध्यान से सुनता है। आज पूजाघर में विमला रामचरित मानस के सुंदर काण्ड का पाठ कर रही है, जिसके खत्म होने पर वो अपने पास राम को पाती है और उससे कहती है।]

विमला : राम! आज भी तू मेरे रामचरित मानस के सुंदर कांड का पाठ सुन रहा है।

राम : मम्मी! आपको पता है? आप मेरी सबसे अच्छी टीचर हो। आप से सीखी बातों के कारण मेरे स्कूल में सभी मुझे आइडिअल कहते हैं। मेरे क्लासमेट्स और टीचर्स सभी मेरे ज्ञान और संस्कार से अचंभित रह जाते हैं।

विमला : तू भी कैसी बातें करता है? बेटा, ऐसा कुछ नहीं है।

राम : नहीं मम्मी, ये सच है। आप देवी दुर्गा के समान हो।

विमला : न बेटा, फिर ऐसा कभी मत कहना। देवी मईया से बढ़कर कोई नहीं। मैं तो बस एक चीज जानती हूँ कि सच के साथ ही सदा खड़े रहना। और हाँ, राम बेटा, ये बात हमेशा याद रखना। माना सच के कारण तेरी राह में हजारों मुश्किलें आयेंगी, कठिन परीक्षा भी होगी, लेकिन आखिर में जीत सदा सच की ही हुई है और हमेशा ही होगी। सच परेशान हो सकता है, लेकिन पराजित नहीं।

(परदा गिरता है।)

(कुछ दिनों बाद:)

स्थान : कमरे के अंदर का दृश्य
समय : रात

विमला : सुनो जी! आपके ऊपर के तीनों लाड़ले बेटे बिगड़कर मिट्टी हो चुके हैं। मेरी तो कुछ सुनते नहीं। उनके बारे में कुछ करो, नहीं तो बहुत देर हो जायेगी। उन्हें कोई जिम्मेदारी न देकर भी आप उनका जीवन और बरबाद ही कर रहे हो।

नरसिंह नारायण : तुम अपना भाषण बंद करो। मैं कर रहा हूँ, तो उन्हें करने की क्या ज़रूरत है? वो मेरे बच्चे हैं, सब अच्छा ही करेंगे। तुम बस अपने काम से काम रखो। वैसे भी तुम्हारे नीचे के 3 बेटे तो ठीक हैं न?

विमला : अरे जी! ये क्या कह रहे हो आप? मुझे अपने सारे बच्चे प्यारे हैं। लेकिन सच से मुँह तो नहीं चुराया जा सकता।

नरसिंह नारायण : अच्छा ठीक है। अब मुझे सच और झूठ का अंतर मत समझाओ। मुझे जोरों की नींद आ रही है।

विमला : वैसे भी काम की बात पर आपको हमेशा ही नींद आ जाती है।

(परदा गिरता है।)

स्थान : कानपुर
समय : सायंकाल

[राम के मोबाइल की घंटी बजती है। वह अपने ख्यालों से वापस वर्तमान में लौट आता है।]

राम : अरे मम्मी आप? मैं आपको कॉल करने ही वाला था मम्मी, लेकिन आज थोड़ा बिजी था।

विमला : अब तो तुम्हारा शोध मेरे ऊपर पूरा हो चुका है न, राम, या और भी कुछ बाकी है?

राम : अरे नहीं मम्मी, अब सब ठीक है। बाकी आपके बारे में तो मुझे एक–एक बात याद है।

विमला : राम! तुम कुछ परेशान लग रहे हो। क्या बात है, ऑफिस में कुछ हुआ तो नहीं? बेटा, एक बात याद रखना, मेहनत से कभी भी जी न चुराना। कोई भी काम छोटा या बड़ा नहीं होता, बल्कि इंसान उसे छोटा या बड़ा बनाता है। आज भले ही तुम्हारी सैलरी काफी कम है, लेकिन इस बात का मुझे गर्व है कि तुम स्वाभिमान के साथ जी रहे हो, बिना किसी की मदद के। मेरा सपना ज़रूर पूरा होगा! एक न एक दिन तुम एक बेहतरीन इंसान के साथ एक नामी लेखक ज़रूर बनोगे, यह मेरा आशीर्वाद ही नहीं, बल्कि मेरा सच्चा विश्वास भी है!

राम : लेकिन मम्मी, मैं स्वयं को दोषी मानता हूँ कि हम लोगों के होते हुये भी आपको कोई आराम नहीं है। क्या ये स्वार्थ नहीं है? मुझे आपकी चिंता है, लेकिन मैं कर तो कुछ नहीं पा रहा हूँ, न?

विमला : बेटा, यही तो ईश्वर की माया है। वो हमारी हर वक्त परीक्षा लेता रहता है। लेकिन तू मेरी तपस्या कभी भी बर्बाद मत करना। तू ही तो है, जिसके कारण कुछ उम्मीद है, वरना तो.....फिर शरीर का मोह कैसा? ये कभी भी किसी का न हुआ है, न होगा। तू हर वक्त मेरे साथ ही है। हर इंसान अकेला ही आया है और अकेले ही अपने जीवन में संघर्ष करेगा। कोई किसी का उत्तरदायी नहीं। जो मेरे भाग्य में है, उसका तू दोषी नहीं।

राम : फिर भी माँ, मैं आपके लिये कुछ कर नहीं कर पाता। इससे मुझे बड़ी हताशा होती है।

विमला : तू कर तो रहा है, मेरी हर बात मानता है, मेरे आदर्शों की इज्जत करता है। और जब ज़रूरत पड़ती है, तो साये के समान साथ रहता है। इससे बड़ी और क्या बात होगी? हाँ, एक बात याद रखना बेटा, जब तक किसी इंसान के हाथ–पैर सलामत हैं, तब तक ही उसका हर धन है, वरना सब बेकार हो जाता है। तू सदा अपने परिश्रम पर यकीन रखना, तेरा और मेरा सपना माँ दुर्गा ज़रूर पूरा करेंगी।

राम : अच्छा, चलो माँ ये सब छोड़ते हैं। और बताइये साथिया सीरियल में क्या–क्या हो रहा है? गोपी तो बिल्कुल आप ही के जैसी है, यही तो कहती हैं आप। अब गोपी क्या कर रही है?

विमला : गोपी.........

(परदा गिरता है।)

(कुछ दिनों बाद:)

स्थान : कानपुर में किराये के मकान की छत
समय : रात

[राम अपने सारे काम–धाम खत्म करके छत पर चटाई बिछाकर खुले आसमान तले लेटा हुआ है। वह तारों (सितारों) को बड़े ध्यान से देख

रहा है, तभी उसके कानों में आस–पास से बैंड–बाजों की तेज़ आवाज़
सुनाई पड़ती है, और अचानक वह अपने अतीत की यादों में पुन: खो
जाता है।]

राम : (अतीत में)
स्थान : महाराजगंज के शिवनगर मुहल्ले में कमरे का दृश्य

[विमला की दूसरी बहू सुनीता बैंड–बाजे के साथ घर के मुख्य
दरवाज़े पर रीति–रिवाजों को निभाकर अपने कमरे में प्रवेश कर, खा
पीकर आराम कर रही है। विमला उसके कमरे में आती है, विमला को
सुनीता अपनी चाबियाँ देना चाहती है, लेकिन विमला मना करते हुये
कहती है।]

विमला : ये तुम्हारा ही है बहू। इसे अपने पास रखो। तुम काफी थकी थी, खाना
तो तुमने खा लिया है न, अब आराम करो।

(परदा गिरता है।)

स्थान : सुनीता का कमरा
समय : रात

बिंदिया : अरे वाह, मैं इसको अपने पास रख लेती हूँ।

सुनीता : बुआजी, ये भी रख लीजिए।

बिंदिया : तू बड़ी भोली है बहुरिया। लेकिन अपनी चालू, कड़क सास से बचकर
रहना। तेरी सास....
[विमला अपनी बहू सुनीता से अपनी ननद बिंदिया की शिकायत
सुनकर बहुत दु:खी होती है। उसे अपनी बहू सुनीता से भी निराशा होती
है, जो उसकी शिकायत पर अपनी बुआ सास को रोकती भी नहीं। पीछे
विमला की बेटी करुणा भी यह सब सुनती है। विमला करुणा को
देखकर आहत हो कुछ कहने को विवश हो जाती है।]

विमला : करुणा! मैंने तेरी बुआ को अपनी बेटी की तरह समझा, उनके लिये हर काम किया, फिर भी वो मेरे ही खिलाफ मेरी बहू को भड़का रही है और बहू भी मजे से सुन रही है। वाह री दुनिया! वाह रे मेरी किस्मत!

करुणा : अम्मा! इसमें कौन सा आश्चर्य है? ऐसा काम तो बुआ बहुत पहले तुम्हारी बड़ी बहू रंजना के साथ भी कर चुकी हैं। मैंने अपने कानों से खुद सुना है।

विमला : अच्छा छोड़, जाने दे। जा, अपनी भाभी का ख्याल कर, वो यहाँ पर अभी नई है न?

करुणा : अम्मा! जब भी मैं तुझे इन लोगों के बारे में कुछ बताती हूँ, तू मेरे को ही रोक देती है।

विमला : ऐसी बात नहीं है करुणा, तू हमेशा ही मुझे गलत समझती है। मैं तेरी भलाई के लिये ही ऐसा करती हूँ ताकि तू इन सब कुचर्चाओं से दूर रहे, आखिर तुझे दूसरे के घर जो जाना है। तेरी ससुराल में तेरा व्यवहार ही तो हमारे संस्कार होंगे।
[अचानक विमला को अपने पति नरसिंह नारायण की घबराई हुई तेज आवाज़ सुनाई पड़ती है।]

नरसिंह नारायण : विमला! जल्दी यहाँ आओ। मेरे सीने में बहुत तेज दर्द हो रहा है, ऐसा लग रहा है, अब मैं नहीं बचूँगा। मेरे बड़े बच्चों को बुलाओ।
[विमला के ऊपर के तीनों बड़े बच्चे अपने पिता नरसिंह नारायण के सामने खड़े हैं, लेकिन कुछ भी बोल नहीं रह रहे हैं। तभी विमला साहस के साथ अपने पति को ढाँढ़स बँधाते हुये कहती है।]

विमला : आप क्यों चिंता कर रहे हो जी? कुछ नहीं होगा आपको, देवी मईया हैं न हमारे साथ। मैं कल ही आपको गोरखपुर भेजूँगी, सबसे अच्छे डॉक्टर को दिखाने के लिये। सब ठीक होगा। आप किसी भी चीज की कोई चिंता मत कीजिए। देवी माँ दुर्गा हैं न, वो ही सब सँभालेंगी।
[विमला नरसिंह नारायण को जहाँ धीरज देती है, वहीं उसके बड़े बच्चे बिना कुछ कहे अपने-अपने कमरों में चले जाते हैं। उनके जाने के बाद

विमला की आँखों में न चाहते हुये भी आँसू छलक पड़ते हैं। जिस पर नरसिंह नारायण कहता है।]

नरसिंह नारायण : विमला! तुम रो क्यूँ रही हो?

विमला : मैं कहाँ रो रही हूँ? वो तो बस, पता नहीं क्यूँ कई दिनों से आँखों में ऐसे ही पानी आ रहा है, इसीलिये.....ऐसी कोई बात नहीं है।

नरसिंह नारायण : विमला! तुम चिंता मत करना, इतने सारे बच्चे तो हैं ही।

विमला : बच्चों से क्या मतलब है जी? आपसे बढ़कर इस दुनिया में मेरे लिये कोई भी चीज नहीं है। और ये भी सुन लो, आपको कुछ भी नहीं होगा। माँ दुर्गा हमारे साथ सदा हैं और रहेंगी। और आप घर की बिल्कुल भी चिंता मत करना। मैं सब सँभाल लूँगी।

नरसिंह नारायण : तुम सब कैसे सँभालोगी?

विमला : देवी दुर्गा हमारे साथ हैं, वही हमारा भला करेंगी, फिर चिंता किस बात की?

(परदा गिरता है।)

स्थान : नरसिंह नारायण का घर
समय : सायंकाल

[गोरखपुर में डॉक्टर को दिखाने के बाद नरसिंह नारायण निराश होकर घर लौटता है। विमला के पूछने पर नरसिंह भरभरायी आवाज़ में कहता है।]

नरसिंह नारायण : विमला! डॉक्टर ने कहा है, हार्ट अटैक हुआ है। मैं बस केवल 6 महीने तक ही जिंदा रहूँगा।

विमला : आपको क्या माँ दुर्गा पर थोड़ा सा भी विश्वास नहीं है कि डॉक्टर पर विश्वास कर रहे हैं। ऐसा हो ही नहीं सकता। एक डॉक्टर के कह देने से किसी की जिंदगी खत्म नहीं हो जाती। मैं किसी और दूसरे डॉक्टर को दिखलाऊँगी आपको। आपको कुछ नहीं होगा, आप बस धीरज रखिये।

(परदा गिरता है।)

(रात का दृश्यः)

[विमला अपने पति की बात को सुनकर अंदर से तो टूट सी जाती है, लेकिन वो धीरज के साथ घर के पूजाघर में जाकर देवी माँ दुर्गा से अपने पति–अपने सुहाग के लिये प्रार्थना करती है। और दूसरे दिन फिर अपने पति को गोरखपुर के एक और नामचीन डॉक्टर को दिखलाने भेजती है।]

(परदा गिरता है।)
(शाम का दृश्यः)

[शाम को नरसिंह नारायण अपने घर वापस आता है, लेकिन कुछ सुकून के साथ, वो विमला से कहता है।]

नरसिंह नारायण : विमला! इस बार वाले डॉक्टर ने कहा है कि डरने की बिल्कुल भी ज़रूरत नहीं है। मुझे केवल कुछ दवाईयाँ ही लेनी होंगी, हालाँकि जीवन भर, लेकिन मुझे कुछ नहीं होगा, मैं पूरी तरह से ठीक रहूँगा। तुम्हारा विश्वास जीत गया है विमला.......

[यह सुनकर विमला खुशी के आँसुओं के साथ माँ दुर्गा का धन्यवाद करते हुये कहती है।]

विमला : जाओ जी, पहले पूजाघर में माँ दुर्गा का धन्यवाद करो। ये माँ की ही दी हुई आपकी दूसरी जिंदगी है। जय माता दी.......

(परदा गिरता है।)

स्थान : कमरे के अंदर का दृश्य
समय : रात

नरसिंह नारायण : विमला! अभी तो कुछ दिन डॉक्टर ने मुझे घर पर आराम करने के लिये कहा है। तुम बिना मेरे काम–धाम के घर का खर्च कैसे चलाओगी? मेरे बड़े बच्चे बिल्कुल लापरवाह हैं, वो तो कुछ करेंगे नहीं। साथ ही छोटे बच्चों की भी जिम्मेदारियाँ हैं, वो अलग। सब कैसे सँभलेगा?

विमला : आपको चिंता करने की बिल्कुल भी ज़रूरत नहीं है, जी। मेरे पास कुछ जमा पैसे हैं, आपके ठीक होने तक काम आ जाएँगे। और हाँ, मैंने आपके ठीक होने के लिये महामृत्युंजय पूजा करवाने का संकल्प लिया है, जिसके लिये मैंने अपने मायके के पंडित जी को भी बुलावे का संदेशा भिजवा दिया है।

नरसिंह नारायण : लेकिन इस पूजा में तो बड़ा खर्च आयेगा, विमला?

विमला : उसकी चिंता आप मत करो। उसके लिये मैं......मैं अपनी बिटिया को बेच दूँगी।

नरसिंह नारायण : बिटिया बेच दोगी......?

विमला : हाँ, मैं अपनी प्यारी बिटिया कोइली गईया (गाय) को बेच दूँगी। वो ही मेरे लिये मेरे बेटे का फर्ज निभायेगी।

नरसिंह नारायण : विमला, तुम होश में तो हो? कोइली गईया......वो......वो तो तुम्हें कितनी प्यारी है। तुम ये कर पाओगी?

विमला : मुझे पता है, मैं उसके साथ गलत कर रही हूँ, लेकिन मुझे यकीन है, वो मुझे माफ कर देगी। मैं उसे ऐसे घर में बेच रही हूँ जहाँ उसे यहाँ से भी ज्यादा अच्छा खाना–पीना, रख–रखाव और सम्मान मिलेगा। आप चिंता मत करिये जी, कोइली को उसके नये घर में मेरे से भी ज्यादा प्यार और दुलार मिलेगा। और मैं उसके केवल उतने ही पैसे लूँगी जितने पूजा के लिये ज़रूरी हैं।

[यह कहने के बाद विमला सीधे कोइली के पास जाती है और उसे गले लगाकर खूब रोती है। कोइली भी उससे प्यार से लिपट जाती है, मानों विमला के फैसले में अपनी हाँ जता रही हो।]

(परदा गिरता है।)

स्थान : घर का आँगन
समय : प्रातः काल

[एक धनी सज्जन आदमी विमला को कुछ रुपये दे रहा है और कोइली को अपने साथ ले जा रहा है। कोइली को जाते देख विमला अपने आप को रोक नहीं पाती और दहाड़ मारकर रोने लगती है। विमला रात को भी कुछ नहीं खाती और देवी दुर्गा माँ की प्रतिमा के सामने घंटों रोकर अपने पाप के लिये क्षमा माँगते हुये कहती है।]

विमला : हे देवी मईया, मेरे इस पाप के लिये मुझे क्षमा कर दो माँ। माँ मैं मजबूर हूँ। घर के इतने खर्चे हैं कि मेरे सारे बचे पैसे भी कम पड़ जायें। लेकिन अपने सुहाग के लिए मुझे ये पूजा करानी ही है माँ। माँ मैंने कोइली के लिये बस उतना ही पैसा लिया है, जितने में पूजा होगी। माँ मुझे माफ कर दो। कोइली, मेरी बिटिया, तू भी मुझे माफ कर देना।

(परदा गिरता है।)

स्थान : घर का आँगन
समय : प्रातः काल

[आँगन में महामृत्युंजय पूजा का कार्यक्रम चल रहा है, जिसके संपन्न होने के बाद नरसिंह नारायण और विमला पुजारियों का उचित आतिथ्य-सत्कार कर अगले दिन उन्हें दान-दक्षिणा देकर विदा करते हैं।]

(परदा गिरता है।)

(अगले दिन:)

स्थान : घर का आँगन
समय : प्रात: काल

नरसिंह नारायण : विमला! आज से मैं फिर से कचहरी जा रहा हूँ। भगवान चाहेंगे तो अब से सब अच्छा हो जायेगा!

विमला : माँ अंबे पर मेरा पूरा विश्वास है जी, अब आप बिल्कुल सुरक्षित हो। जाओ, और बिल्कुल भी चिंता मत करो, अब से सब अच्छा होगा! जय माता दी!

(परदा गिरता है।)

(कुछ सालों बाद:)

स्थान : कमरे के अंदर का भाग
समय : रात

नरसिंह नारायण : अपना सबसे बड़ा बेटा काम तो कर रहा है, लेकिन उसकी बीबी रंजना खुश नहीं है। वो जॉब करना चाहती थी, इसलिये मैंने उसे सपोर्ट भी किया, लेकिन उसको तो बस आज़ादी चाहिये थी, पति नहीं।

विमला : आप बिल्कुल ठीक कह रहे हो जी, उसे अपनी आज़ादी और पैसे से बढ़कर दुनिया में कुछ प्यारा नहीं। तभी तो आज भी आयेगी तो बस पैसे के लिये, झगड़ा करने के लिए, लेकिन जिम्मेदारी के बारे में पूछो, तो फिर वही झगड़ा, रोना–धोना और वहीं तुम्हारे दूसरे सबसे बड़े बेटे की दुकान के लिये हमने क्या नहीं किया ताकि वो सैटल हो जाये, लेकिन उसे भी कोई खुशी नहीं।

राम : मम्मी! उनके बारे में तो मैं दावे से कह सकता हूँ, वो किसी के सगे नहीं हो सकते। उन्हें केवल पैसे से ही प्यार है।

नरसिंह नारायण : और हमारा तीसरा बेटा है तो सही, लेकिन नहीं के बराबर, उसकी चड्डी तक मैं धुलता हूँ और जीवन भर धुलता रहूँगा। उससे कोई उम्मीद नहीं। रहा तुम्हारा हनुमान 'संदेश', तो है तो वो ठीक, लेकिन उसका गुस्सा.......?

राम : पापा! लेकिन संदेश भईया इस घर में सबसे सच्चे और दिल के बहुत ही अच्छे हैं।

विमला : हाँ, राम ठीक कह रहा है। मेरा बेटा हनुमान 'संदेश' दिल का बहुत साफ है। वो कुछ कहे न कहे, लेकिन मैं जानती हूँ कि वो मेरा अच्छा वाला बेटा है।

राम : और मम्मी, दीदी?

विमला : तेरी दीदी का क्या है? उसका जल्दी से कहीं अच्छे घर में विवाह कराऊँगी ताकि वो सदा खुश रह सके। क्यों जी? तुमसे मैंने कितनी बार कहा है, करुणा के लिये कोई अच्छा रिश्ता ढूँढ़ा कि नहीं?

नरसिंह नारायण : ढूँढ़ा तो था मैंने, खूब खेत था, लेकिन तुम्हारे छोटे बेटों राम और आदेश ने मना कर दिया। उन्हें तो गोरखपुर शहर में ही अपनी प्यारी दीदी की शादी करवानी है, जहाँ ब्याह करने के लिये दहेज भी तो ज्यादा देना पड़ेगा।

विमला : बेटी है जी, अच्छा घर तो करना ही पड़ेगा। फिर करुणा शहर में ही जाना चाहती है।

नरसिंह नारायण : लेकिन अच्छा घर, वो भी गोरखपुर शहर में खोजने के लिये हमारे पास इतने पैसे नहीं हैं। हमें अपनी दुकान में से कुछ बेचना पड़ेगा। और अगर मैंने बेचने की कोशिश की तो कहीं बच्चे.......?

विमला : बच्चे, क्या.......? सब कुछ आपका ही किया हुआ है। सब आपकी कमाई का ही है और आज भी सबका खर्च अपने बेटों, उनके बच्चों तक का खर्च आप ही उठा रहे हो। एक माचिस की तिलिया भी कोई खरीदकर देने वाला नहीं। फिर आप क्यों डरते हो? अपनी बेटी का भविष्य तो हम बिगाड़ नहीं सकते। आप मत डरो, मैं सब सँभाल लूँगी।

नरसिंह नारायण : विमला, तुम वाकई में सँभाल पाओगी?

विमला : हाँ, जब सही हूँ, तो क्यूँ नहीं सँभाल पाऊँगी? बिल्कुल सँभाल लूँगी......।

(परदा गिरता है।)

स्थान : घर का आँगन
समय : प्रातः काल

[अपनी बेटी करुणा के विवाह हेतु वर मिलने के बाद विमला अपने बेटे राम को लखनऊ पढ़ने के लिये भेजती है ताकि वो अपने मन–मुताबिक क्षेत्र में अपना मुकाम बना सके।]

विमला : राम! बेटा जा और अपना सपना पूरा करने के लिये अपना संघर्ष शुरू कर। अपनी पढ़ाई पर पूरा ध्यान लगाना। तुझे पता है, इस घर का तू हीरा है। हाँ.. .....मुझे पता है कि तू कितना अच्छा लिखता है। मैंने तेरी कहानियाँ, कविताएँ हमेशा ही तेरी सिली हुई कापियों में देखी हैं। तूने हमेशा ही कंजूसी में अपनी पढ़ाई की, लेकिन फिर भी हमेशा ही अव्वल रहा। जो तू रेडियो पर एक से बढ़कर एक बड़े लोगों के बारे में सुनकर आईने के सामने इंटरव्यू लेता–देता रहता है, मैं सब जानती हूँ। सच पूछ, तो तेरे सपने में ही मेरा सपना.......एक पहचान का सपना........भी छुपा है। लेकिन अब तुझे अपने और मेरे सपने के लिये लखनऊ जाना है। बाकी के बारे में सोचने की तुझे बिल्कुल भी ज़रूरत नहीं है। सभी लोग तुझे मेरा चमचा कहते हैं, क्योंकि तू हमेशा मेरी बातों और इस परिवार को तरजीह देता है। ये बात सिर्फ मैं समझती हूँ। इसलिये कभी किसी की बात की परवाह करने की तुझे कोई ज़रूरत नहीं है। और हाँ, तू एक अच्छा इंसान बनने की कोशिश कभी भी मत छोड़ना। साथ ही अपने साथ जा रहे अपने छोटे और इस घर के सबसे लाड़ले बेटे आदेश का भी ख्याल रखना। इसे अच्छा बनाने की हमेशा कोशिश करते रहना। इसमें थोड़ा बचपना अधिक है न, इसीलिये कह रही हूँ। देवी मईया तेरे साथ सदा बनीं रहे, जा।
[राम और आदेश अपनी माँ के पाँव छूकर बाकी लोगों का भी आशीर्वाद लेकर लखनऊ चल पड़ते हैं।]

(परदा गिरता है।)

(कुछ महीनों बादः)

स्थान : महाराजगंज
समय : रात

विमला : अरे करुणा बिटिया! तू रो क्यूँ रही है? दुकान बिकी है, पर पूरी तो नहीं बिकी। कुछ ही बिकी, वो भी तेरे पिताजी की कमाई की बिकी है। किसी ने कमा के नहीं दिया है। और जब कोई कुछ देने वाला नहीं है, तो फिर पूछने वाला कौन होता है? तेरे भविष्य के लिए ये तो करना ही था। जो भी तेरे ऊपर ताने मार रहे हैं, वो पहले मेरे से आके बात करें। पीठ पीछे तो कोई प्रधानमंत्री तक को नहीं छोड़ता। मैं अभी जिंदा हूँ। तू चुप रह और मैं किसी के साथ भी अन्याय नहीं होने दूँगी।

[विमला द्वारा उसकी बिटिया के साथ होने वाली इस बातचीत के बीच उसका दूसरा सबसे बड़ा बेटा (अनुराधा का पिता) दुकान का कुछ हिस्सा बेचे जाने पर अपनी नाराज़गी दिखा चुका है जिसके पता चलने पर करुणा रोती है।]

(परदा गिरता है।)

स्थान : लखनऊ
समय : रात

आदेश : राम भईया, हमारी फेवरिट दीदी की शादी है, घर जाके खूब धमाल करेंगे।

राम : हाँ, क्यूँ नहीं? वैसे भी, तू भी तो उनका फेवरिट है। आखिर उनकी शादी के लिये तूने इंजीनियरिंग नहीं की और होटल मैनेजमेंट की जमा फीस तक वापस करवा ली। साथ ही दीदी की बीमारी में उनकी कितनी सेवा की तूने। वाकई में तूने भी मम्मी के सिखाये रास्ते का सम्मान रखा। मुझे तुझ पर नाज है।

[इसके बाद दोनों भाई अपनी बहन करुणा की शादी के लिये अगली सुबह खुशी-खुशी घर जाने की तैयारी कर रहे हैं।]

(परदा गिरता है।)

स्थान : महाराजगंज
समय : रात

[करुणा का शादी समारोह धूमधाम से चल रहा है। सुबह विदाई के समय विमला अपने दामाद से कहती है।]

विमला : दामाद जी! हमारी बिटिया करुणा हमारे दिल का टुकड़ा है, इसका ख्याल रखियेगा। अगर इससे कोई भूल हो भी जाये, तो हमारा चेहरा याद कर इसे माफ करियेगा। इसे हमेशा खुश रखियेगा।

[विमला रोती जाती है और उसकी बिटिया करुणा भी रोते हुए अपने पति के साथ अपनी ससुराल जा रही है।]

(परदा गिरता है।)

स्थान : कानपुर
समय : रात

[मोबाइल की घंटी से राम का ध्यान टूटता है, जो अपने अतीत में खोया हुआ है। वह मोबाइल कॉल को रिसीव करता है, जहाँ दूसरी लाइन पर उसका छोटा भाई आदेश है।]

आदेश : भाई, पता चला है मम्मी बीमार हैं?

राम : हाँ, मैं कल घर निकलने ही वाला हूँ।

आदेश : आप तो मीडिया में हो, फिर अभी कुछ दिन पहले ही आप मम्मी की सेवा के लिये ही तो घर गये थे। फिर छुट्टी मिल जायेगी?

राम : देख आदेश, याद रखना, जब किसी काम को चुनना हो, तो पहले दिल की सुनो, जो दिल कहे, वही करो, फिर कोई फर्क नहीं पड़ता कि क्या होगा? मेरा दिल यही कह रहा है कि मुझे जाना है। खैर, तू चिंता न कर, मैं हूँ न, सब सँभाल लूँगा, फिर वहाँ संदेश भईया और पापा तो हैं ही, मैं भी जल्दी ही उनके बीच

होऊँगा। वैसे भी मेरे लिये मम्मी किसी भी चीज से पहले हैं, फिर मुझे छुट्टी मिले न मिले, इसकी मुझे परवाह नहीं। तू तो जानता है कि मम्मी के लिये मैं किसी की भी परवाह नहीं करता। अच्छा चल, मैं मोबाइल रखता हूँ, सुबह घर जल्दी निकलना है।

(परदा गिरता है।)

स्थान : कानपुर में किराए का कमरा
समय : सुबह

राम : (स्वयं से बातें करते हुये)

हे देवी मईया, ये मुझे इतनी बेचैनी क्यूँ हो रही है? मुँह सूखा जा रहा है! घबराहट हो रही है! ऐसा क्यूँ लग रहा है, जैसे कोई भी आवाज़ मेरे दिमाग के चिथड़े उड़ा देगी! अजीब सी बेचैनी हो रही है! मेरे हाथ–पाँव ठंडे क्यूँ हो रहे हैं?

[कुछ देर बाद एक गिलास पानी पीने के बाद राम स्वयं को समझाता है।]

राम : (स्वयं से बातें करते हुये)

राम, तू अंदर से बहुत हिम्मती है, स्वयं पर नियंत्रण रख। कुछ नहीं होगा। अभी तुझे बहुत कुछ करना है। हो सकता है कि ये कल मेरे ऑफिस के सहयोगी द्वारा सुझाये डॉक्टर की दवा का असर हो। मुझे नहीं पता था कि मेरा सहयोगी दोस्त मेरे साथ ऐसा खिलवाड़ करेगा?

[राम फिर अपने घर अपनी माँ को मोबाइल से कॉल करता है और अपने सहयोगी द्वारा सुझाये डॉक्टर, जो कि एक पैनिक साइकियाट्रिस्ट होता है (जिसके बारे में राम को पता नहीं होता), की दवा खाने के बाद की सच्चाई बताता है, जिसको सुनने के बाद विमला कहती है।]

विमला : तू चिंता मत कर राम, उस दवा को फेंक दे। तू घर आ, यहाँ तेरा इलाज होगा। तू घर, मेरे बारे में ज्यादा सोचता है न, इस कारण ऐसा हुआ है। कोई चिंता की बात नहीं, यहाँ तुझे आराम हो जायेगा।

राम : मम्मी, आप तो खुद बीमार हो, फिर इतना साहस?

विमला : साहस नहीं होगा तो फिर जीवन जीवन नहीं मेरे बेटे, तू घर जल्दी आ जा।

राम : आप बिल्कुल मत परेशान होइये मम्मी। जब आप इतनी बीमारियों के बावजूद, जबकि आपके साथ कोई रहने वाला तक नहीं है, इतना बुलंद हौसला रख सकती हो, तो मैं भी आपका बेटा हूँ। मैं अब पूरी तरह ठीक हूँ।

विमला : ये हुई न बहादुर बेटे वाली बात। लेकिन बेटा, साहस अपनी जगह है और इलाज अपनी जगह। इलाज तो तुझे करवाना ही है। इसलिये घर आ जा।

राम : ठीक है माँ, आप चिंता न करें, मैं घर आ रहा हूँ।

(परदा गिरता है।)

स्थान : कानपुर–लखनऊ–गोरखपुर–महाराजगंज मार्ग
समय : प्रातः काल – सायंकाल

[अपने घर जाते समय राम अपने स्ट्रेस से पीड़ित होने के बारे में सोचने लगता है और अपने अतीत में एक बार फिर से खो जाता है।]

राम : *(अपने अतीत में):*

स्थान : महाराजगंज के शिवनगर मुहल्ले का एक घर
समय : प्रातः काल

[राम की बहन करुणा के बेटे का जन्मोत्सव चल रहा है, जहाँ विमला पूरे जोशोखरोश के साथ जैसे हमेशा पूरे घर को दिन भर सँभालती रही है, एक बार फिर उसी उत्साह से सारे काम–धाम कर रही है, उसे अपने स्वास्थ्य और दवाओं का भी ध्यान नहीं है, जिस पर राम विमला से थोड़ा नाराज होकर कहता है।]

राम : मम्मी! थोड़ा थम जाइये, इतना दौड़–भाग आप क्यूँ कर रही हैं? आपको डायबिटीज, ब्लड प्रेशर, पेट की प्रॉब्लम, गठिया तो है ही, पैंक्रियाज भी स्टोन के कारण निकाला जा चुका है। इसलिये आप आराम करिये।

विमला : अरे बेटा, मैं बिल्कुल ठीक हूँ। माँ दुर्गे से कितनी मन्नतों के बाद दामादजी की सरकारी नौकरी लगने के बाद मेरे नाती का जन्म हुआ है। नानी होने के कारण इतना तो दौड़ना बनता है न बेटा?

राम : वो सब तो ठीक है, लेकिन आपको डॉक्टर ने आराम करने की भी सलाह दी है न, इसलिये जो भी काम है, उसे आप मुझे दे दीजिए और आप चलके आराम कीजिए।

विमला : *(जोर से हँसते हुए)* हाँ....हाँ....हाँ....अरे बेटा, ये सारे काम तो औरतों के हैं।

राम : अच्छा, दीदी की शादी में जब आपकी तबियत ठीक नहीं थी, तो औरतों का सारा काम मैंने ही तो सँभाला था, यहाँ तक कि दीदी का सारा डॉल (दुल्हन के साथ विदाई के समय जाने वाला साजो–सामान) मैंने ही सजाया था, आपकी बहुएँ तो बस.....

विमला : तुझसे जीतना मेरे बस की बात नहीं। ले, आज से मेरे सारे काम की जिम्मेदारी तेरी, मैं अब आराम करती हूँ।

राम : ये हुई न बात, मम्मी। आप बस बताती जाइये, बाकी सब मैं करता जाऊँगा।

विमला : मुहल्ले की औरतें सब तेरे पर हँसेंगी, जैसे करुणा की शादी में जब तू मेरे सारे काम सँभाल रहा था, तो वे सब तुझ पर हँस रही थीं।

राम : हँसती हैं तो हँसे, मुझे परवाह नहीं। आपसे बढ़कर थोड़े ही है मेरी इज्जत। अच्छा, अब बताइये, ठकुराईन को क्या–क्या देना है?

विमला : देख, ठकुराईन के लिए एक पीली साड़ी मैंने पुराने वाले बक्से में जो रखी है उसे ला......और

(परदा गिरता है।)

(एक सप्ताह बाद:)

स्थान : आँगन से सटा बरामदा
समय : दोपहर के ठीक बाद

विमला : हे देवी मईया, मुझे बचाओ........अरे मेरी कमर गयी.........
[होम्योपैथ की दवा लेते तख्त पर बैठते समय अचानक गिरते ही
विमला जोर से चिल्लायी, और बेतहाशा दर्द से कराहकर रोने लगी।]

नरसिंह नारायण : अरे, जल्दी खाना बनाओ........

राम : पापा! आप पागल हो गये हैं क्या? ये आप क्या कह रहे हैं?

नरसिंह नारायण : जाओ, बाजार से कोई भी क्रीम लेते आओ, इतने से काम
चल जायेगा।
[विमला अपने पति नरसिंह नारायण को एकटक देखकर फिर भीषण
दर्द के कारण रोती जाती है। उसका दर्द बढ़ता ही जा रहा है और साथ
में दर्द में डूबी उसकी आवाज़ भी। राम, संदेश और आदेश विमला को
जल्दी ही हॉस्पिटल ले जाते हैं, जहाँ विमला राम के हाथ को कसकर
पकड़े हुये माँ दुर्गा का नाम ले रही है। इस घटना से और अपनी माँ
विमला के इस भयंकर दर्द का अहसास कर राम की रूह काँप जाती
है, वो छटपटाते हुए अपनी माँ विमला को ढाँढ़स बँधाता जाता है।]

(परदा गिरता है।)

(कुछ दिनों बाद:)

स्थान : कमरे के अंदर का दृश्य
समय : सायंकाल

[रीढ़ की हड्डी टूटने के बाद विमला को प्लास्टर चढ़ा है, कई बीमारियों की वजह से ऑपरेशन न होने के कारण, जो एक डी. सी. एम. गाड़ी में स्ट्रेचर पर अपने घर आती है, उसे एक तख्त पर लैट्रिन के लिए जगह बनाकर लिटा दिया गया है। आस–पड़ोस में इस बात की चर्चा फैल जाती है कि करुणा के बेटे के पूजा–आयोजन के कारण ही इस तरह की घटना हुई है। इस पर करुणा बेहद नाराज होती है, जिस पर विमला कहती है।]

विमला : करुणा! जाने दे, ये तो मेरी किस्मत का ही दोष है। लोगों का क्या है, लोग तो कुछ न कुछ कहते ही रहते हैं।

[एक दो दिन बाद ही विमला की बेटी, करुणा के ससुर उसे वापस लिवाने आते हैं। विमला बिस्तर पर ही करुणा के ससुर को प्रणाम कर उनका उचित ख्याल रखवाने का पूरा प्रबंध करवाती है।]

(अगले दिन:)

करुणा : माँ, मुझे जाना होगा, क्योंकि मेरे घर पर आप तो जानती ही हैं कि मेरी सास हैं और मैं हूँ।

विमला : ठीक है बिटिया, तू जा.....

करुणा : माँ, मेरी शादी में पापा द्वारा मेरे ससुर से किया गया कुछ वादा अभी तक अधूरा है, जिसके लिए मेरे ससुर अभी तक मुझे ताना देते रहते हैं।

विमला : तू चिंता न कर, जैसे बहुत सारी चीजें तेरी शादी के बाद भी मैंने तुझे भिजवायीं। मेरे ठीक होने के बाद तेरे पापा की कही गई सारी बातों को मैं पूरा करूँगी।

करुणा : माँ! वो आपका नाती हुआ है न। अगर इसको कोई सोने की अच्छी चीज नहीं मिली, तो फिर अपने घर मुझे बहुत सारे तानें सुनने को मिलेंगे।

विमला : ले, मैं अपने गले की ये चेन अपने नाती को दे देती हूँ।

नरसिंह नारायण : अरे, इसका प्रबंध मैं कर दूँगा। वैसे भी ये कोई समय है, इन सब चीजों का? और विमला, तुम्हारे पास केवल यही एक चेन बची है।

करुणा : रहने दो माँ, पापा को ठीक नहीं लग रहा।

विमला : जाने दो जी, मुझे किसी चीज की कोई चिंता नहीं। ले बेटी, ये मेरी चेन निकाल कर मेरे नाती के गले में डाल दे।
[इसी के साथ एक औरत कमरे में प्रवेश करती है।]

औरत : अरे बहिनी, जा रही हैं क्या? हमें तो लगा कि अपनी माँ की सेवा के लिये कुछ दिन रुकेंगी।

विमला : इसका भी तो घर है, कैसे रहेगी? फिर बाकी के सारे लोग तो हैं न?
[करुणा अपने बच्चे और ससुर के साथ अपने घर के लिए रवाना होती है, जिसे अपने बिस्तर से विमला टुकुर–टुकुर देखकर फिर राम का हाथ पकड़कर रोने लगती है। राम समझाता है, और विमला के आँसुओं को पोंछता है। राम विमला के साये की तरह उसके साथ हर वक्त रहता है, लैट्रिन से लेकर कमरे की साफ–सफाई, दवा आदि के साथ हर घड़ी उसकी सेवा करते हुए, दर्द में भी वह उसका सच्चा साथी साबित होता है। रात में वो विमला की बगल में तख्त से सटे एक फोल्डिंग पर अपनी माँ का हाथ पकड़कर सोता है, क्योंकि विमला दर्द के कारण और एक अजीब से डर के कारण बार–बार चिल्ला उठती है। राम विमला के असहाय कष्ट और दर्द को देखकर सहम उठता है, लेकिन वह लगातार अपनी माँ का हौसला बढ़ाता रहता है। इस क्रम में वो हनुमान चालीसा का भी कई बार पाठ करता है, और हर तरीके से अपनी माँ को खुश रखने की पुरजोर कोशिश करता रहता है।]

(परदा गिरता है।)

(कुछ दिनों बाद:)

[विमला की सबसे बड़ी बहू, रंजना, अपनी ससुराल आकर अपने पति और नरसिंह नारायण से झगड़ती है। बाद में विमला की दूसरी बहू,

सुनीता से बात–बात में कर्मों के अनुसार फल मिलने की बात भी बार–बार दुहराती है, जिसे सुनने के बाद राम गुस्से से आगबबूला हो उठता है, और रंजना को बोलने ही वाला होता है कि विमला राम को समझाती है।]

विमला : राम! शांत हो जाओ। यह तो होगा ही। आज अगर दुःख है, तो सहना तो पड़ेगा ही, लेकिन बावले, इसी दुःख ने मेरी आँखों को भी खोल दिया है, मुझे बहुत कुछ समझ में आने लगा है। अपने–परायों की परख होने लगी है। मैं सबके व्यवहार में आये बदलाव को भी देख और सुन रही हूँ। तू घबरा मत, मैं किसी के साथ कोई अन्याय नहीं होने दूँगी। अपने साथ भी नहीं।

[राम दुर्गा जी की मूर्ति को देखते हुये अपनी माँ विमला का हाथ पकड़कर रोने लगता है।]

विमला : रो मत बेटा, सब ठीक हो जाएगा। देवी मईया पर यकीन रख।

(परदा गिरता है।)

(कुछ दिनों बादः)

स्थान : कमरे में अंदर का दृश्य
समय : प्रातः काल

अनुराधा : आपको पता है दादी? हमारे पड़ोस में शशांक चाचा हैं न, उनको उनके बड़े भाईयों और भाभियों ने घर से अलग कर दिया है। बेचारे रो रहे थे और कह रहे थे कि कमाने के लिए अपने मामा के साथ मुंबई चले जायेंगे। फिर रोजाना न्यूजपेपर में भी यही सब तो छपता रहता है।

विमला : तू ठीक कह रही है बिटिया, आज ये घर–घर की कहानी हो गयी है। शशांक के माँ–बाप नहीं हैं न?

राम : अनुराधा! मम्मी के लिए नाश्ता ले आ। तब तक मैं मम्मी की पीठ को थोड़ा सहारा देता हूँ। मम्मी की पीठ में काफी दर्द हो रहा होगा।

[विमला की पीठ को सहारा देकर राम विमला को मायूस और खामोश देखकर पूछता है।]

राम : क्या हुआ मम्मी?

विमला : बेटा, अनुराधा इस दुनिया की सच्चाई ही बयां कर रही थी। मेरी पहले की सोच बिल्कुल बेवकूफों वाली थी, लेकिन अब इस घटना से मुझे सही–गलत को समझने और सब कुछ न्याय के साथ करने की और अधिक प्रेरणा मिली है।

राम : ये तो आप ठीक कह रही हैं, मम्मी। वैसे भी यह संसार ऐसा ही है। समय के साथ हर रिश्ता, हर चीज बदलती जाती है। आपको देखकर यहाँ भी अब सब कुछ बदलने लगा है। आखिर लोग तो सोचेंगे ही कि अब आप बिस्तर पर पड़ी हैं, दूसरों के सहारे पर हैं, तो क्या कर पायेंगी?

विमला : राम, मैं ऐसा कुछ करने जा रही हूँ जिससे साफ पता चल जायेगा कि कौन सगा है और कौन पराया? इसके लिए मैं बहुत ही जल्द एक कदम उठाने जा रही हूँ।

(परदा गिरता है।)

(कुछ दिनों के बाद:)

[विमला अपने पास रखे कुछ रुपये अपने सबसे छोटे बेटे आदेश को उसके भविष्य के लिए दे देती है। इस कदम में राम विमला के साथ होता है। विमला यह सच्चाई सबको बताती है और कहती है कि ये सब उसने अपनी बीमारी की वजह से किया है। बाकियों के लिए भी उसने बराबर कुछ न कुछ किया है और उनके लिए आज भी किया जा रहा है और आगे भी होगा, लेकिन चूँकि कोई भी चीज वो छुपाकर नहीं कर सकती, इसलिये वह सबको ये बात बता रही है। पर यह बात पता चलने पर विमला का दूसरा बेटा अपनी पत्नी सुनीता सहित खुद को विमला के ही घर में अलग कर लेता है, जिसको विमला की बड़ी बहू, रंजना हमेशा ही भड़काये रखती है।]

(परदा गिरता है।)

(कुछ दिनों बाद:)

स्थान : *विमला का कमरा*

समय : *सायंकाल*

आदेश : अरे भाई! आप पगला गये हैं क्या? आप आखिर लखनऊ क्यूँ नहीं जा रहे हैं? आपका मॉस–कॉम का फाइनल सेमेस्टर है। मैं हूँ न यहाँ मम्मी को देखने के लिए, आप जाइये। अब तक आपने एक बहू–बेटी से भी बढ़कर मम्मी को सँभाला है, लेकिन अगर आपका भविष्य नहीं बना, तो मम्मी का सपना भी तो अधूरा रह जायेगा।

राम : आदेश, तू अभी छोटा है......

विमला : राम! लेकिन तू तो बड़ा है न? तुझे समझ में आ गया न कि सब मेरे पैसे के ही पुजारी हैं। अच्छा है, मेरी भी आँखें खुलनी बहुत ज़रूरी थीं। तू तो समझदार भी है, फिर आदेश की बात तुझे समझ नहीं आती? अपने फाइनल सेमेस्टर इक्जामिनेशन के लिए तू लखनऊ निकल। वैसे भी तुझे पता तो है कि देवी मईया मेरे साथ हैं और मेरी संकल्पशक्ति भी है। मैं बिस्तर पर जरूर हूँ राम, लेकिन कमजोर नहीं। फिर एक दिन मैं ठीक हो जाऊँगी, लेकिन समय तो नहीं रुकेगा न बेटा? ये किसी के लिये रुका है, जो तेरे लिये रुकेगा? इसलिये मेरी चिंता मत कर। देख, मेरा सपना है कि तू एक अच्छा लेखक बनकर हर इंसान के सुख–दुःख की कहानी को सच्चाई से और निडर होकर पूरी दुनिया के सामने रखे।

[*यह सुनकर राम अपने सामान को समेटने लगता है। अपनी माँ विमला के चरण स्पर्श कर राम भारी मन से लेकिन कुछ करने के इरादे के साथ लखनऊ के लिए निकल पड़ता है।*]

(*परदा गिरता है।*)

(*2 महीने बादः*)

स्थान : *कानपुर*

समय : *प्रातः काल*

[*राम मोबाइल से अपनी माँ विमला को कॉल करता है।*]

राम : मम्मी! कानपुर के एक बड़े मीडिया ग्रुप में मुझे लेखक की नौकरी मिल गयी है।

विमला : सब माँ अंबे का आशीर्वाद है! और यह एक माँ के प्रति तेरे सच्चे सेवा–भाव का फल भी है, राम।

[विमला खुश तो है, लेकिन शायद उसकी आवाज़ में राम को कुछ दर्द महसूस होता है, जिससे वह तुरंत ही अपनी माँ से पूछ बैठता है।]

राम : मम्मी! क्या बात है? आपको ज़रूर कोई प्रॉब्लम है? मेरा मन कह रहा है। आपको मेरी कसम है मम्मी......आप बताइये........कुछ हुआ है क्या घर में?

विमला : बेटा, कुछ नहीं, यह सब तेरे पिताजी की ही गलती है। मेरी बात नहीं मानने के कारण आज ये दिन देखने पड़ रहे हैं।

राम : मम्मी, आप खुलकर बताइये न।

विमला : कुछ नहीं बेटा, तेरे पिताजी का दूसरा लाड़ला बेटा, जो अपनी पत्नी सुनीता के साथ इसी घर में अलग रह रहा है, हर चीज इन्हीं की लेकर, उसने मेरी प्यारी पोती अनुराधा को भी मेरे पास आने से मना कर दिया है।

[यह कहकर विमला रोने लगती है, जिस पर राम उसे ढ़ाँढ़स बँधाते हुए कहता है।]

राम : मम्मी, आप थोड़ा सा भी परेशान मत होइये। मैं घर आ रहा हूँ।

[यह कहकर राम सहम जाता है। घबरा उठता है और अपनी बहन करुणा को कॉल कर सारी बातें बताते हुए कहता है।]

राम : दीदी, कुछ करो।

करुणा : देखो राम, मैं कुछ नहीं कर सकती। मेरे लिये सारे रिश्ते ज़रूरी हैं। मैं अब शादीशुदा हूँ।

राम : क्या शादी के बाद रिश्ते बदल जाते हैं, दीदी? मम्मी ने सबके लिये क्या नहीं किया, लेकिन आज अगर वो परेशान हैं तो.......

करुणा : मेरे नजरिये से मम्मी ने गलत किया है, फिर उनको अपने कर्मों की सजा भी मिलेगी ही। वैसे भी तू तो बस मम्मी की ही भाषा बोलता है........वैसे भी मेरे बारे में कौन सोचता है?

राम : दीदी, ये आप कह रही हो, विश्वास नहीं होता। दीदी, ये वही मम्मी हैं, जब आप बीमार थीं, तो अपनी बीमारी का न सोचकर अपनी सेवा के लिये आई औरत को आपका ख्याल रखने के लिए आपके पास बिना सोचे एक पल में ही भेज दिया, वहाँ तो आपका परिवार या आपके भाई काम नहीं आये, बल्कि आपके उसी दूसरे बड़े भाई ने अपनी लड़कियों तक को आपके पास आने से मना कर दिया था।

करुणा : इन सब बातों का कोई फायदा नहीं है। देखो, वहाँ पर जाकर बँटवारा करवाओ, यही इसका हल है।

(परदा गिरता है।)

स्थान : कानपुर में किराए का कमरा
समय : दिन का समय

[अपनी प्यारी दीदी के इन शब्दों से राम बिल्कुल स्ट्रेस में आ जाता है, उसे झटका लगता है। वहीं हर दूसरे दिन अपने ऑफिस की चालाक लेडी बॉस के रोज-रोज के अन्याय से परेशान होकर भी वह गहरे सदमे की हालत में पहुँच जाता है, यहाँ तक कि देर रात बीमारी के दौरान जब उसका दोस्त उसके कहने पर भी उसके साथ नहीं होता, अपने घर चला जाता है, जिसकी बीमारी के दौरान वह पूरी रात हॉस्पिटल में उसके परिवार के होते हुए भी उसके साथ अकेले रहा था, उसे दुनिया का ये अंदाज अंदर से ही हिला देता है। लेकिन उसके बावजूद राम हिम्मत नहीं हारता और अपने पेट की बीमारी के साथ स्ट्रेस से भी बखूबी लड़ता है और कुछ दिन बाद आज अपने घर जा रहा है।]

(परदा गिरता है।)

स्थान : महराजगंज में बस के अंदर

बस कंडक्टर के महराजगंज-हनुमानगढ़ी तेज-तेज चिल्लाने पर अपने अतीत में डूबा हुआ राम अचानक चिल्ला पड़ता है।

राम : अरे हाँ भईया, मुझे उतरना है यहाँ।

(परदा गिरता है।)

स्थान : महराजगंज में विमला के मकान का कमरा
समय : सायंकाल

विमला : राम! आखिर तू माना नहीं, अपनी माँ के लिए चला ही आया। पहले तू पानी पी और थोड़ा आराम कर, आ यहाँ बैठ।

राम : मम्मी! यहाँ ये सब क्या चल रहा है?

[विमला के बोलने से पहले ही सुनीता का पति और सुनीता उससे उलझ पड़ते हैं, राम उनको ताकीद करता है और उनकी बात का करारा जवाब देता है। राम अनुराधा को भी समझाता है, और उसके प्रति अपनी माँ विमला के प्रेम का भी अर्थ बतलाता है। अनुराधा समझ जाती है, और विमला के पास आती है और विमला की ज़रूरत के समय अपने मामा के घर जाने के लिये भी राम को सफाई देती है। राम उसको सही प्रेम के अर्थ के बारे में बताता है कि सच्चे रिश्तों के सामने कोई रुकावट नहीं आ सकती और कोई भी रिश्ता सच्चे प्रेम की आवाज़ को नहीं दबा सकता।]

(परदा गिरता है।)

(कुछ दिनों बादः)
स्थान : कमरे के अंदर का दृश्य
समय : दोपहर

डॉक्टर : तुम वाकई में एक मज़बूत इच्छाशक्ति वाली महिला हो। तुमने बहुत सारी बीमारियों को हराकर बिना अवसाद जो लड़ाई लड़ी है, उसके लिए अपार साहस की ज़रूरत होती है। मुझे गर्व है कि मैं तुम्हारा डॉक्टर हूँ।

[डॉक्टर द्वारा कहे गये इन शब्दों से विमला अपने अंदर एक नई ऊर्जा महसूस करती है।]

(परदा गिरता है।)

स्थान : *कमरे के अंदर का दृश्य*
समय : *रात*

राम : मम्मी! मैं अब आपको छोड़कर कानपुर नहीं जाऊँगा।

विमला : मैं ठीक हूँ बेटा, फिर यहाँ पर तू क्या करेगा? अगर बीमारी होगी भी तो मुझे तो लड़ना ही पड़ेगा न? तेरे लिये अगर यहाँ कोई अवसर होता, तो मैं खुद ही तुझे जाने नहीं देती। लेकिन अपने स्वार्थ के लिये मैं तेरे भविष्य को दाँव पर नहीं लगा सकती। फिर मैं यह भी नहीं चाहती कि तू किसी और पर निर्भर रहे। तू चिंता क्यूँ करता है? तेरी और हम सबकी माँ अंबे हैं न। मेरा ख्याल वही रखती हैं। फिर जहाँ राम रहें, वहाँ अयोध्या खुद–ब–खुद बस जाती है।

राम : लेकिन मम्मी.......

विमला : बेटा, तेरे खर्चे कौन उठायेगा? खर्चों का तो तू छोड़, अब तेरी दवाईयों का बोझ क्या तेरे पापा उठायेंगे? फिर तेरा और मेरा सपना क्या तेरे यहाँ रहने से पूरा हो सकेगा? अब तो माँ अंबे की कृपा से तेरी लेडी बॉस भी चली गयी है, फिर इतनी मेहनत और लगन को तू यूँ ही बरबाद कर देगा?

राम : इन सबके कारण ही तो मुझे स्ट्रेस और पेट की बीमारी हो गयी है, मम्मी।
विमला : राम! तू अगर चाहे, तो तू इस बीमारी से मुक्त हो सकता है।

राम : कैसे?

विमला : अपने आप को काम में डुबो दे, अपने सपने को जी। कुछ ऐसा लिख। ....जिससे लोगों को आज तनाव (अवसाद) की इस बीमारी से दो–चार न होना पड़े। अगर तू ये कर सका, तो फिर मेरे लिए यह बड़ी बात होगी, राम।
[एक पल सोचकर विमला पुनः कहती है।]

विमला : एक काम क्यूँ नहीं करता? तू हर आम भारतीय नारी के जीवन को दुनिया के सामने रख, जिससे लोग उसके त्याग, बलिदान को समझ सकें, न कि उसे अबला समझकर उस पर ताने कसें।

राम : मम्मी, आप शायद ही नहीं, सच में मुझे मेरी बीमारी का हल बता रही हो। मैं इस काम में अपना जी–जान लगा दूँगा मम्मी। मम्मी, आप को पता है आज से मेरे जीवन को आपने एक अर्थ दे दिया है। मम्मी, आप सचमुच देवी अंबे के समान हो।

विमला : जय माता दी बोल.....

राम : जय माता दी.....! जय माता दी.....! जय माता दी.....!

(परदा गिरता है।)

(कुछ दिनों बाद:)

डॉक्टर द्वारा हाई ब्लड–प्रेशर, स्ट्रेस एवं पेट की बीमारी के इलाज के बाद नये उत्साह के साथ राम फिर अपने ऑफिस, अपने कर्म–पथ पर चलने के लिए कानपुर शहर के लिए निकल पड़ता है।

(परदा गिरता है।)

स्थान : कानपुर
समय : सायंकाल

[*राम अपने कम्प्यूटर पर काम कर रहा है। विभिन्न वेबसाइटों पर रिसर्च करते हुए अचानक उसे एक वेबसाइट पर एक प्रतिष्ठित फिल्म वित्तीय संस्थान का एक विज्ञापन दिखायी पड़ता है, जिसमें किसी भी विषय पर स्क्रिप्टराइटिंग (कहानी, पटकथा तथा संवाद लेखन) की एक प्रतियोगिता के सफल प्रतियोगी को उस विषय पर बनने वाली विशेष*

फिल्म में बतौर स्क्रिप्टराइटर का क्रेडिटलाइन और कुछ वित्तीय मदद देने की बात लिखी है। इस विज्ञापन को देखकर राम उत्साह से भर उठता है और मन ही मन सोचता है।]

राम : (सोचते हुये)
मुझे भी इस प्रतियोगिता में शामिल होना है। लेकिन आखिर इसके लिए कौन सी कहानी ठीक रहेगी?

(परदा गिरता है।)

स्थान : कानपुर
समय : रात

[प्रतियोगिता के लिए आवश्यक कहानी पर विचार करते हुए राम ऑफिस का काम खत्म करके सीधे देवी माँ दुर्गा के मंदिर जाता है और अपनी अधिष्ठात्री देवी माँ दुर्गा से प्रार्थना करते हुये कहता है।]

राम : हे देवी मईया! अब आप ही मुझे इस दुविधा से उबारिये।
[इतना कहने के बाद जैसे ही राम अपनी आँखें बंद करता है, उसे मन में, माँ दुर्गा के रूप में अपनी माँ विमला का चेहरा दिखायी पड़ता है। राम खुशी से झूम उठता है।]

राम : (खुशी के साथ)
माँ, तेरी महिमा सच में अपरंपार है। मुझे समझ में आ गया माँ कि मुझे किसकी कहानी पर लिखना है। तेरा लख–लख शुकराना माँ!

(परदा गिरता है।)

(अगले दिनः)

स्थान : कानपुर, ऑफिस
समय : गुज़रते दिन पर दिन

[राम अपने ऑफिस में आकर सबसे पहले उस फाइल को खोलता है जिस पर लिखा है, देवी विमला ...एक साधारण भारतीय महिला की असाधारण कहानी। राम अपनी माँ विमला के जीवन–यात्रा पर आधारित एक साधारण भारतीय महिला के सभी उत्तरदायित्वों, स्वरूपों, साहस, करुणा, ममता इत्यादि गुणों को समेटे हुए एक फिल्मी पटकथा लिखने के काम में तेजी से जुट जाता है। वह विश्व की चर्चित फिल्मों के पटकथा लेखन को पढ़ता और शोध करता है, क्योंकि हिंदी में उसे ऐसी कोई भी पुस्तक नहीं मिलती। वैसे भी अपने ऑफिस में विभिन्न फिल्मी हस्तियों से इंटरव्यू के दौरान उसे पता चल चुका है कि हिंदी फिल्मों में पटकथा लेखन का कोई फिक्स फार्मेट नहीं है। लेकिन इस काम के साथ ही सबसे पहले वह अपने क्रेडिटलाइन में अपनी माँ विमला का नाम जोड़ता है, इसके बाद किसी भी लेख में वह इसी नाम का प्रयोग करता है। यानी राम अब 'राम त्रिपाठी' नहीं वरन् 'राम विमला त्रिपाठी' बन चुका है। वास्तव में अपनी माँ का नाम जुड़ने से राम को अत्यंत आत्मिक शांति मिलती है, जिसकी वजह से उसका स्ट्रेस भी कम होता जाता है। इसके साथ ही राम अपनी माँ 'विमला' की कहानी को भी पूरा करने में जी–जान से जुट जाता है। पार्श्व में राम के उत्साह और उसके लगन भरे काम के साथ एक मोटिवेशनल साँग (प्रेरक गीत) भी सुनायी पड़ता है।]

(नेपथ्य में गूँजता प्रेरक गीत)

सागर को बाँध लो, नदियों को सींच दो,
उड़ जाओ संग हवा के, मुड़ जाओ संग दिशा के,
कुछ सपने बुन भी लो, मन की मंजिल ढूँढ़ लो,
मन की मंजिल ढूँढ़ लो.........
– क्यूँ हो खोये? सोये–सोये? खुश होकर भी, लगते हो रोये–रोये?
संदेशे सोच लो, अंदेशे छोड़ दो, उड़ जाओ संग हवा के, मुड़ जाओ संग दिशा के,
कुछ सपने बुन भी लो, मन की मंजिल ढूँढ़ लो,
मन की मंजिल ढूँढ़ लो.........

– जिंदगी की डगर, क्यूँ है अगर–मगर? राही का शहर है, बनता नया सफर,
बुनियादें ओढ़ लो, उम्मीदें जोड़ दो, उड़ जाओ संग हवा के, मुड़ जाओ संग दिशा के,
कुछ सपने बुन भी लो, मन की मंजिल ढूँढ़ लो,
मन की मंजिल ढूँढ़ लो.........

(परदा गिरता है।)

(2 महीने बाद:)

स्थान : कानपुर, ऑफिस

[कम्प्यूटर की स्क्रीन पर अपनी माँ विमला के ऊपर फिल्म पटकथा शैली में लिखी कहानी 'देवी विमला...एक साधारण भारतीय महिला की असाधारण कहानी' का सार (सिनाप्सिस) लिखकर अंत में लिखता है. ....राम विमला त्रिपाठी...............और सबसे आखिर में.........जय माता दी.........! जिसे वह प्रतियोगिता में भेज देता है। इसी बीच उसके मोबाइल की घंटी बजती है, और बदहवास होकर राम दुर्गा मईया का नाम लेते हुए अपने घर के लिये कानपुर के झकरकट्टी बस स्टेशन की ओर तेजी से भागता है।]

(परदा गिरता है।)

स्थान : गोरखपुर का एक हॉस्पिटल
समय : रात

[बदहवास राम हॉस्पिटल के गेट पर है कि तभी उसकी माँ 'विमला' किराये की गाड़ी के साथ आती है, जो पेशाब का थैला अपने हाथ में लिये हुए है। राम कुछ नहीं कहता, बस अपनी माँ को व्हील चेयर के जरिये हॉस्पिटल के एक कमरे में एडमिट करवाने के लिए अपने भाई 'संदेश' और पापा के साथ ले जाता है। पेशाब में इंफेक्शन की वजह से उसकी माँ विमला की तबियत खराब है और हॉस्पिटल में अलग रूम खाली न होने के कारण विमला जनरल वार्ड में भर्ती है, जिसकी हालत देखकर राम घबराया हुआ है। राम को उसका भाई 'संदेश' और उसके पिता नरसिंह नारायण ढाँढ़स बँधाते हैं।]

(कुछ देर बाद:)

[राम और संदेश को विमला की सेवा करते देखकर पास की अन्य मरीजों की तीमारदार औरतें उससे पूछती हैं कि घर में कोई औरत

नहीं है क्या? इस पर नरसिंह नारायण उन्हें सारी बातें बताते हैं, वहाँ मौजूद सभी औरतें भावशून्य हो जाती हैं।]

(परदा गिरता है।)

(अगले दिन:)

स्थान : हॉस्पिटल का एक कमरा
समय : दोपहर

[करुणा और उसके पति विमला को देखने हॉस्पिटल आते हैं, जिस पर तीमारदार औरतें करुणा से कहती हैं।]

तीमारदार औरतें : अरे, आप बेटी हैं, यहीं आपका घर है और अब आ रही हैं? [करुणा कुछ नहीं कहती और कुछ देर अपनी माँ 'विमला' के पास रहने के बाद वह अपने पति के साथ चली जाती है।]

(परदा गिरता है।)

(कुछ दिनों बाद:)

[हॉस्पिटल से ठीक होने के बाद विमला घर आती है। कुछ दिनों में विमला ठीक हो जाती है। राम उसे अपने कहानी लेखन के बारे में बताता है, जिसे जानने के बाद विमला के अंदर एक नई ऊर्जा जागृत हो जाती है। राम विमला को प्रतियोगिता के बारे में भी बताता है, जिसमें उसके द्वारा विमला के ऊपर ही लिखी एक फिल्मी कहानी को टॉप 100 में स्वीकृति मिलने के बारे में जानने के बाद विमला बेहद खुश होती है और राम को कानपुर जाने के लिये कहती है ताकि वह अपनी कहानी को पटकथा शैली में पूरा कर समय से प्रतियोगिता में भेज सके। अगले दिन राम विमला के चरण स्पर्श कर संदेश, आदेश और अपने पापा से मम्मी का ख्याल रखने की बात कहकर वापस कानपुर के लिये प्रस्थान करता है।]

(परदा गिरता है।)

(कुछ महीनों पश्चात्ः)

[इन घटनाओं के मद्देनजर अपनी माँ विमला को अपने साथ रखने की खातिर उधर आदेश अपने भविष्य के लिए मिले रुपयों से किसी को बिना बताये लखनऊ में एक कमरे (वन बीएचके) की ज़मीन खरीद लेता है, बाद में वह अपने पिता तथा संदेश को इसके बारे में बताता है और अपनी क्लासमेट से शादी करने के बारे में भी अनुमति माँगता है ताकि वह अपनी माँ को अपने पास रख सके। इस बीच नरसिंह नारायण, संदेश और विमला की रजामंदी से आदेश की शादी हो जाती है, जिसमें नरसिंह नारायण, विमला, संदेश, राम और सुनीता के तीनों बच्चे, करुणा के पति, उसके बच्चे और स्वयं करुणा भी इस शादी में शरीक होते हैं। हालाँकि इस शादी को लेकर करुणा बिल्कुल भी खुश नहीं है। आदेश नरसिंह नारायण से विमला को लखनऊ में ही रहने के लिए कहता है, लेकिन विमला कहती है कि जहाँ उसके पति रहेंगे, वह वहीं रहेगी। करुणा ताने भी देती है कि अब अपनी बहू से सेवा करवाओ जिस पर विमला कहती है।]

विमला : मैंने जो भी किया, किसी लालच या स्वार्थ में नहीं किया। मैं अपने पति के पास ही रहूँगी और उन्हीं से अपनी सेवा करवाऊँगी। किसी को मेरे बारे में सोचने की बिल्कुल भी ज़रूरत नहीं है। फिर यहाँ कोई पट्टीदारी नहीं चल रही है। [विमला अपने पति नरसिंह नारायण के साथ महाराजगंज (महराजगंज) वापस चली जाती है और ईधर राम भी अपने ऑफिस कानपुर आ जाता है और अपनी कहानी पूरी करने में तेजी से जुट जाता है। पटकथा शैली में कहानी पूरी करने के बाद अंततः वह इसे समय से प्रतियोगिता में भेज देता है। इसके बाद इसकी सूचना वह अपनी मम्मी को देने के लिये वह बिल्कुल उतावला होकर तेजी से अपने घर जा रहा है।]

(परदा गिरता है।)

स्थान : महाराजगंज
समय : सायंकाल

[सुनीता और उसका पति नरसिंह नारायण और विमला से लड़ते हैं।
विमला कुछ नहीं बोलती और उसका ब्लड–प्रेशर बढ़ जाता है।
सुनीता का पति नरसिंह नारायण को बुरा–भला कहते हुए गाली
देकर उनके कोर्ट का बैग और डायरी छीन लेता है। रात में राम की
कॉल आती है जिस पर नरसिंह नारायण उसे सारी बात बताते हैं,
राम आगबबूला होकर संदेश को कॉल करता है, संदेश भी कुछ नहीं
करने की बात कहता है, फिर राम करुणा को कॉल करता है और
उससे कहता है।]

राम : दीदी! अब अनुराधा के पिताजी को इतना भी सपोर्ट मत करिये कि वो पापा की जान ही ले ले।

करुणा : देखो, जो जैसा कर्म करेगा, वो वैसा भरेगा ही। तुम, मम्मी और पापा अपने कर्मों का ही फल भोग रहे हो।

राम : दीदी, ये आप क्या कह रही हैं? मम्मी–पापा ने आपके लिये क्या नहीं किया? और फिर पैसे की ज़रूरत होने पर आपने पापा को साफ मना कर दिया, लेकिन अनुराधा के पिताजी को हजारों रुपये दिये। इन सबसे उनका मन तो बढ़ेगा ही। अगर आप किसी के लिए कुछ नहीं कर सकतीं, तो मम्मी–पापा की खातिर कम से कम उनका मन तो मत बढ़ाइये। उन्हें कुछ तो समझाइये।

करुणा : देखो, करुणा अब महराजगंज में अपना पैर नहीं रखेगी। मुझे किसी से कोई मतलब नहीं, न मम्मी से, न पापा से, न तुमसे। आज के बाद मुझे कभी कॉल मत करना।

[राम को जोर का झटका लगता है और उसका ब्लड–प्रेशर बढ़ जाता
है। वह खूब रोता है। दवा लेने के बाद कुछ शांत होकर वह ये सारी बातें
अपने पिता नरसिंह नारायण को बताता है, विमला को भी यह बात पता
चलती है, जिस पर विमला खामोश होकर केवल दुर्गा माँ की ओर
एकटक देखती है।]

(परदा गिरता है।)

स्थान : *कमरे के अंदर का दृश्य*
समय : *प्रातः काल*

[आँखों में आँसू लिए विमला कमरे में अकेली है। दीवार के सहारे मैक्सी पहने वह बॉथरूम करके अपने बिस्तर तक आती है, नेपथ्य में एक गीत गूँज उठता है, जिसमें एक माँ का अथाह दर्द हिलोरें मार रहा है। विमला काठ की अलमारी में रखी एक पोटली में अपने सारे बच्चों के छोटे–छोटे कपड़ों को देखती है, और फिर माँ दुर्गा की मूर्ति के सामने रोती है, लेकिन उसके आँसू तक नहीं गिरते, शायद उसका हृदय अब पत्थर का बन चुका है।]

(पार्श्व में बजता गीत)

आपन ललनवा मईया कवने बनें खोंजी, कवने बनें खोंजी, कवनें बनें खोंजी,
आर रोये गईया, पार बछवा–बछिया, आपन दुलरूआ मईया कवने बनें खोंजी,
ऐ ही पार गंगा हो, वो ही पार जमुना, बिचवा में बहेली सरस्वती मईया,
आपन ललनवा मईया कवने बनें खोंजी, कवनें बनें खोंजी, कवनें बनें खोंजी....
..
खोजत–खोजत हम भइली बौरहिया,
आपन दुलरूवा मईया कवने बनें खोंजी, कवने बनें खोंजी.......

(परदा गिरता है।)

स्थान : *कमरे के अंदर का दृश्य*
समय : *रात*

[राम अपनी माँ विमला को कॉल करता है जिस पर लिखा है– जय माँ अंबे। विमला कॉल रिसीव करती है।]

राम : हैलो मम्मी! हाँ, आज मैं थोड़ा लेट हो गया कॉल करने में। दरअसल ऑफिस में बहुत काम था।

विमला : अरे कोई बात नहीं बेटा।

राम : क्या हुआ मम्मी? आप कुछ परेशान नजर आ रही हैं।

विमला : अरे, अनुराधा के पापा की आज तबियत खराब है। मैंने तेरे पापा से भी कहा है कि उसकी कुछ मदद कर दें।

राम : मम्मी! आप ये कैसे कर सकती हो? वो भी उसके लिये जो आपकी बीमारी में खाना खाकर आराम से सो जाता है। जो आपके पास झाँकने तक नहीं आता। यहाँ तक कि उसकी बीमारी होने पर आप माँ दुर्गा को कपूर चढ़वाती हैं। यही काम आप दीदी और उनके परिवार की सलामती के लिए भी करतीं हैं। आप ये सब कैसे कर लेती हैं मम्मी?

विमला : क्या करूँ बेटा, मैं माँ हूँ न............

राम : वो सब तो ठीक है मम्मी, लेकिन भावनाएँ उसी के लिए रखनी चाहिये, जो समझे और मुझे नहीं लगता कि वो और दीदी कभी भी इस बात को समझेंगे। जब आप अपने कुछ रुपये आदेश को देने की बात कह रहीं थीं, तो आपको विश्वास था कि आपके सारे बच्चे और दीदी इस बात को समझेंगे। आपने मुझसे भी कहा था कि तू और आदेश सभी परिवार वालों का विशेष रूप से ख्याल रखेंगे, लेकिन क्या हुआ मम्मी? अनुराधा के पिताजी आपसे तुरंत अलग हो गये। और दीदी, वो तो कभी महराजगंज में अपना पैर नहीं रखेंगी। ऐसे लोगों के लिये आपको परेशान होने की बिल्कुल भी ज़रूरत नहीं है।

विमला : अच्छा तू छोड़ ये सब, तू बता तेरी उस स्क्रिप्ट प्रतियोगिता का रिजल्ट आया कि नहीं?

राम : अरे मम्मी! अभी तक तो नहीं। लेकिन छोड़िये, मुझे उसका इंतजार भी नहीं है। मैं थोड़े ही जीतूँगा।

विमला : लेकिन मेरा मन कहता है कि तू जीतेगा। और देखना, एक दिन तेरे पास तेरी जीत की कॉल अचानक ही आयेगी। देवी मईया तेरा हाथ पकड़कर खुद तुझे तेरी मंजिल तक पहुँचायेंगी। ये मेरा विश्वास भी है और एक माँ का आशीर्वाद भी।

राम : मम्मी! आपके विश्वास को देखकर मन बिल्कुल शांत हो जाता है।

विमला : अब तू मोबाइल रख और जाकर खाना–वाना खा और अपने बारे में भी ध्यान रख। हमेशा मेरे बारे में ही चिंता करता रहता है।

राम : अच्छा, ये आप कह रहीं हैं जो सबके बारे में ही यहाँ तक कि अपना बुरा चाहने वालों की भी हमेशा ही चिंता करती रहती हैं। चलिये मैं अब भोजन करने जाता हूँ। वैसे भी जैसा आपका आदेश मम्मी......जय माता दी!

विमला : जय माता दी! बेटा।

(परदा गिरता है।)

स्थान : कानपुर
समय : दोपहर

[राम अपने ऑफिस के कार्य में अत्यधिक व्यस्त है कि अचानक उसके मोबाइल की घंटी बजती है।]

राम : हैलो...

मोबाइल पर दूसरी तरफ : सर मैं एक इंश्योरेंश कंपनी से.....

राम (झल्लाहट के साथ) : प्लीज, मुझे बख्श दीजिए। अभी मैं बहुत बिजी हूँ...... *[राम फिर अपने कार्य में व्यस्त हो जाता है कि तभी मोबाइल की घंटी फिर बजती है।]*

राम : आप मानोगे नहीं।

मोबाइल पर दूसरी तरफ : जी आप राम विमला त्रिपाठी बोल रहे हैं? मुझे आपको बताते हुये बड़ी खुशी हो रही है कि आपने स्क्रिप्टराइटिंग प्रतियोगिता को जीत लिया है। आपको बहुत–बहुत मुबारकबाद। वेरी कांग्रेच्युलेशंस टू यू......

राम : अरे, थैंक्यू सो मच टू यू....

राम : (मन में)
आई कांट बिलीव दिस...जय देवी मईया.....
[*राम बिना वक्त गँवाये अपनी माँ विमला को कॉल करता है। विमला कॉल को रिसीव करती है, जिस पर राम एक ही साँस में सबकुछ बोल देना चाहता है, उसको ऐसा महसूस हो रहा है मानों वह उड़ रहा है।*]

राम : मम्मी! चरण स्पर्श.....आपका विश्वास और आशीर्वाद जीत गया मम्मी. ....मैंने स्क्रिप्टराइटिंग प्रतियोगिता जीत ली है।

विमला : ये सब देवी मईया का चमत्कार है। जा, मईया के दरबार में...

राम : ज़रूर मम्मी......मम्मी! आप हमेशा से बोलती थीं कि एक कॉल अचानक आयेगी और तेरा जीवन बदल जायेगा......ये बिल्कुल सही साबित हुआ है....मम्मी ये मेरी नहीं आपकी जीत है, क्योंकि ये कहानी मैंने आपके जीवन पर ही लिखी थी. .....

विमला : लेकिन सच्चाई पर लिखी थी पगले, और देवी मईया हर सच्चे इंसान की मदद ज़रूर करती हैं.......इतने दिनों से संघर्ष कर रहा है, इतनी परेशानियों, तानों के साथ, तो उसका फल तो मिलना ही था............फिर तूने जो हर साधारण औरत को असाधारण बनाने के काम का निश्चय किया था, तो देवी दुर्गा भी तो एक औरत हैं, वो तुझे कैसे हरा देतीं?

राम : मम्मी! मुझे लगता है मैंने स्ट्रेस को मात दे दी है......मुझे मेरे अंदर फिर से बहुत–बहुत जीने, कुछ करने की उम्मीद जग गयी है।

विमला : जा बेटा, देवी मईया के दरबार में जा.......जय माता दी!

राम : जय माता दी! मम्मी......

(*परदा गिरता है।*)

(*2 साल बाद:*)

[अपनी मां विमला के जीवन पर राम की लिखी स्क्रिप्ट पर बनी फिल्म 'देवी विमला' का पोस्टर हर शहर के सिनेमा हॉल, मल्टीप्लेक्स में दिखायी दे रहा है और यह बेहद प्रसनचित्त एवं सफल ब्लॉकबस्टर फिल्म हर न्यूज में छायी हुई है।]

(*कुछ दिनों बाद:*)

स्थान : फिल्मफेयर पुरस्कार समारोह का मंच

समय : रात

[मंच पर आफताब खान और शादाब खान संचालक की भूमिका में हैं।]

शादाब खान : अब बारी है फिल्म के बैकबोन की। जी हाँ, बेस्ट स्क्रीनप्ले राइटर ट्रॉफी की और इसके नामिनेशंस हैं.........

[स्क्रीन पर 'देवी विमला' सहित कई फिल्मों के स्क्रीनराइटर्स के साथ 'राम विमला त्रिपाठी' का नाम भी बोला जाता है।]

आफताब खान : और इस अवॉर्ड को देने के लिये मैं मंच पर आमंत्रित कर रहा हूँ बेहद खूबसूरत और प्रतिभावान अभिनेत्री जी हाँ, 'निवेदिता मुखर्जी चोपड़ा' और 90 के दशक की मेलोडी क्वीन सदाबहार गायिका आदरणीया 'राधाश्री पौडवाल' जी को।

निवेदिता मुखर्जी चोपड़ा–आदरणीया राधाश्री पौडवाल जी : एंड द विनर इज.......'राम विमला त्रिपाठी' फॉर द फिल्म....... 'देवी विमला'।

[राम अब राम विमला त्रिपाठी के रूप में मंच पर आता है और माइक को हाथ में ले लेता है।]

राम विमला त्रिपाठी : थैंक्स टू ऑल ऑफ यू पीपुल......आँखों में मेरे आँसू हैं, लेकिन खुशी के.......मेरे गले से आवाज़ नहीं निकल रही है, लेकिन मैं आपको बता देना चाहता हूँ कि इस अवॉर्ड की असली हकदार हैं मेरी माँ, श्रीमती विमला त्रिपाठी। देखिये न, कैसा विचित्र संयोग है, मुझे अवॉर्ड मिल रहा है मेरी माँ के

जीवन पर लिखी फिल्म के लिए, वो भी मेरे और मेरी माँ की सबसे फेवरिट हस्तियों के हाथों। निवेदिता मुखर्जी चोपड़ा जी, आदरणीया राधाश्री पौडवाल जी, ये मेरी ख्वाहिश है कि आप दोनों प्लीज इस ट्रॉफी को मंच के सामने बैठी मेरी माँ विमला को दें जो अपनी शारीरिक बीमारी की वजह से इस मंच तक नहीं आ सकतीं।

[निवेदिता मुखर्जी चोपड़ा और राधाश्री पौडवाल दोनों बेहद भावुक होकर इस अवॉर्ड को विमला को सौंपते हैं और विमला को सहारा देकर माइक पर कुछ कहने की गुजारिश करते हैं। विमला शारीरिक रूप से कमजोर लग रही है, लेकिन हमेशा की तरह ही आज भी उसके चेहरे पर गजब का आत्मविश्वास है, ओज है। वह आँसुओं से भरी खुशी के साथ बोलती है।]

विमला : ये सब मेरी देवी मईया अंबे का ही आशीर्वाद है, जो मेरे जैसी बेहद साधारण औरत को आज ये सम्मान दिला रही हैं। लेकिन मैं आप सब लोगों को यह बताना चाहती हूँ कि दरअसल ये अवॉर्ड देवी मईया ने मुझे नहीं, मेरे जैसी हजारों–लाखों–करोड़ों भारतीय महिलाओं को, जिन्हें समाज में साधारण, मामूली दर्जा दिया जाता है, उनको दिया है। यह पुरस्कार न केवल भारत, बल्कि पूरी दुनिया की सभी आम और खास महिलाओं को समर्पित है।

[यह बोलकर विमला अपने पति नरसिंह नारायण को देखती है। आज विमला को देखकर नरसिंह नारायण के चेहरे पर एक गर्व का भाव है और ऐसा लग रहा है जैसे वो विमला को मन ही मन सम्मान दे रहे हैं,. .....शुद्ध, सच्चे मन का सम्मान, जिन्हें देखकर विमला उनके पैरों की ओर झुकती है, जिसे वो अपने हाथों का संबल देते हैं। वहीं राम विमला को एकटक देख रहा है, जिसमें उसे बार–बार साक्षात् माँ दुर्गा का अक्स दिखायी पड़ रहा है।]

राम : (मन में)
हे जगदंबे माँ! तेरी सदा जय होवे! मुझे पता है माँ, मेरी माँ में आप ही हो, जिसने मेरे अंदर अंधकार से भरे अवसाद को आशा की तेज रोशनी से सदा के लिये खत्म कर दिया है। माँ! आज आपने मुझे मेरे जीवन का अर्थ समझा दिया है। जय माता दी......

(परदा गिरता है।)

(कुछ महीनों बाद:)

स्थान : महराजगंज के शिवनगर में विमला का घर
समय : प्रात: काल

[विमला के घर के बाहर पूरा महराजगंज शहर मानों उमड़ पड़ा है। नगाड़ों, ढ़ोलों की आवाज़ ही सुनाई पड़ रही है। भारी शोरगुल को सुनकर नरसिंह नारायण कहते हैं।]

नरसिंह नारायण : सुनती हो जी! लो आज तुम सचमुच 'देवी विमला' बन ही गईं। बनती भी कैसे नहीं, आखिर तुम्हारी कहानी पर बनी फिल्म 'देवी विमला' को विश्व की सर्वश्रेष्ठ विदेशी फिल्म का एकेडमी यानी ऑस्कर अवॉर्ड जो मिला है। तुमने तो आज वाकई में महराजगंज को एक नई पहचान दी है। चलो, बाहर तुम्हारा सारे महराजगंजवासी इंतजार कर रहे हैं।

[नरसिंह नारायण अपनी धर्मपत्नी विमला को गर्व के साथ सभी परिवारजनों के साथ बाहर लाते हैं, जिन्हें देखकर बाहर जमा भीड़ जोर-जोर की आवाज़ निकालती है।]

जन-समूह में से एक औरत : अरे, हमारी विमला मईया ने तो आज हमारे महराजगंज जिले का नाम पूरे विश्व में अमर कर दिया है।

जन-समूह में से एक पुरुष : बिल्कुल, आज इनसे हमारे शहर महराजगंज को एक नई पहचान मिली है। अब हमारा महराजगंज 'देवी विमला' का शहर है।

जन-समूह : भारत माता की जय.......

(जन-समूह के थोड़ा शांत होने के बाद)
जन-समूह में एक छोटा लड़का और लड़की : देवी विमला की जय.......
[यह सुनकर सारा जन-समूह 'भारत माता की जय!' और 'देवी विमला की जय!' के नारों से गूँज उठता है।]

जन—समूह : (समवेत स्वर में)

भारत माता की जय.......! देवी विमला की जय.......!

[धरती से उठी इस आवाज़ की गूँज आज आसमां तक को भेद रही है, मानों पूरा संसार भारत माता और देवी विमला की जय से गुंजायमान हो उठा हो.......]

—समाप्त—

—चंद्रेश विमला त्रिपाठी की प्रस्तुति—

BEST SELLING TITLES OF GPH